le festin des hyènes

De la même autrice

chez le même éditeur, dans la même collection

Les Bois dormants, 2007
À l'angle du renard, 2009 (prix Ouest-France/Étonnants Voyageurs, prix Émile Guillaumin) (Babel n° 1130, 2012)
Les Hommes sirènes, 2011
Les Oubliés de la lande, 2012 (prix du roman de la ville de Carhaix, 2012)
Julius aux alouettes, 2014
La Chaise numéro 14, 2015 (prix Cezam Pays de Loire, 2017) (Babel n° 1438, 2017)
La Femme murée, 2018

chez d'autres éditeurs

La Verticale de la lune, Zulma, 2005 (Babel n° 1243, 2014)
Damned ! Les enquêtes de Léo Tanguy, t. 11, Coop Breizh, 2010
Ceux qui vont mourir, Le Cercle SIXTO, 2017
« Gourin – Trois-Rivières Aller Retour », in *Nouvelles de Bretagne*, Collection « Miniatures », collectif, Magellan & Cie, 2017
La Mâle-mort entre les dents, Bruno Doucey, 2020

Photographie de couverture : © Minden Pictures/Yva Momatiuk et John Eastcott/Biosphoto

www.lerouergue.com

Fabienne Juhel

le festin des hyènes

la brune au rouergue

Au bout du petit matin,
la mâle soif et l'entêté désir...

Gonflements de nuit aux quatre coins de ce petit matin
soubresauts de mort figée
destin tenace
cris debout de terre muette
la splendeur de ce sang n'éclatera-t-elle point ?

Aimé Césaire, *Cahier d'un retour au pays natal*

à mes quatre petits guetteurs d'aube

ELIA

1. la hyène-Mère

Elle apparut à l'aube du vingt et unième jour.

Avant que ne commencent le fracas des oiseaux et les jacasseries des singes hurleurs. La crinière rousse tout embroussaillée.

Son petit dans la gueule.

Un chiffon de fourrure, le corps bandé comme un arc et qui n'en menait pas large d'être promené ainsi par les routes, et de si bon matin encore, soupirant après la tanière où dormait son jumeau. La chaleur d'un gîte quitté à regret.

Il avait bien tenté de lui résister, croyant à un jeu pour l'aguerrir : il gronda sourdement, puis grogna, feula ; il cracha enfin. Comme ses manœuvres d'intimidation n'opéraient pas, la meilleure défense restant l'attaque, il finit par planter les aiguilles de ses dents dans la chair rose des babines. D'un revers de patte, sa mère l'envoya rouler dans la poussière avant de l'attraper au col, pinçant entre ses mâchoires son bourrelet de peau. Alors, dans un réflexe mécanique, il rentra le train de ses pattes arrière, pelotonna sa queue sous son ventre et fit le dos rond.

Mais c'était bien mal connaître son espèce que d'y voir là de la résignation.

Car, dans l'humeur de ses pupilles ocre, ombrageant les prunelles, sous les paupières mi-closes, il y eut cette coloration sombre et soudaine.

Passé la feutrine de sa fourrure, presque encore un duvet, la petite bête était à fleur de peau, viscères noués, muscles contractés ; le tout serré à bloc.

Si bien que ce n'était plus un nourrisson qu'elle tenait dans sa gueule, la mère, mais une boule d'airain. Ne s'en doutant pas ou, plus vraisemblablement, ne s'en souciant guère.

Certes, le petit se tiendrait coi. Soumis à l'autorité maternelle, à la pression de ses mâchoires qu'on disait partout redoutables. Du moins jusqu'au terme de la course. Ensuite, il se vengerait en s'attaquant au premier venu, à son frère s'il le retrouvait.

La femelle trottinait maintenant à découvert sur la piste de latérite, l'échine hirsute, le dos voûté, avec cette allure gauche propre à ceux de sa race et qui les fait passer pour des félins de second ordre.

Charognard des terres arides, de mèche avec les vautours dont les cordons entourent leurs festins. Pestilence de la savane. Fléau enfanté par les Fétiches pour trouer la nuit de leurs rires. Cauchemar des enfants.

Les hyènes.

Méprisées. Boudées. Risée des conteurs.

Étrangeté de la nature qui aura doté les femelles d'un phallus. Clan soumis à la loi matriarcale d'un individu alpha. La femelle dominante.

Celle-ci donc.

La hyène-Mère regagnait la tanière collective après s'en être éloignée le premier mois de l'allaitement. Elle trottait sur la piste des hommes empruntée juste par nécessité, cherchant à gagner du temps sur le réveil de la savane.

Bientôt les barbicans s'époumoneraient au sommet des acacias ; par leurs cris désordonnés et perçants, ils signaleraient sa présence.

L'orbe rouge du soleil vibrionnait derrière les franges de carex. On devinait, immobiles, pareils à des rocs, tantôt la croupe ou le dos, tantôt l'échine d'une trentaine de buffles couchés, massifs, éparpillés au milieu du troupeau dont les déplacements paraissaient se dérouler au ralenti.

Encore quelques secondes avant que l'astre ne s'élevât à la verticale des acacias, tel un ballon de baudruche. L'instant d'après, en lévitation, avant de perdre sa couleur sang, jeté dans l'immensité d'un ciel trop bleu.

Devant l'imminence de l'éclosion, le fauve accéléra l'allure.

Si le gardien de chèvres, appuyé sur son bâton, ne s'était pas assoupi dans l'aube naissante, il aurait pu apercevoir la robe tachetée de la bête miroiter au mitan de la piste, puis disparaître dans les épineux, après l'arbre de Mawa.

Alors, le chef Kalao en eût été le premier averti par ses soins. Il aurait envoyé son adjoint frapper aux portes pour convoquer les hommes. Les villageois auraient pris connaissance de l'ordre du jour. Et chacun d'affûter sa machette, les enfants autorisés à porter en bandoulière un arsenal de ferraille et de bidons, avant de marcher ensemble vers le clan.

Une trentaine d'individus adultes installés en amont du village.

Bien trop proches des hommes et de leurs bêtes.

Du chemin de l'école.

Et du chemin de l'eau.

C'est sûr, la hyène-Mère reviendrait avec ses sœurs prélever sa dîme sur le troupeau. Mais, à cette heure encore vierge de sang et d'effroi où sa route ne fait que croiser le gardien de chèvres, le troupeau ne l'intéresse pas. Occupée à contrer la course du soleil, la gueule rassasiée de sa progéniture.

Pourtant, elle a repéré les petits qui, tout à leurs jeux de cabrioles, se sont éloignés du groupe.

Les chèvres ne méritent vraiment pas d'être si mal payées de leurs efforts pour élever leurs chevreaux et nourrir les hommes.

Et l'animal se souviendrait de l'homme endormi à l'aube du vingt et unième jour. Sa haute silhouette épousant son bâton de gardien, la nuque cassée et les yeux clos ; le bas du visage enrubanné d'une bande de tissu pour faire barrage aux grappes de mouches.

Des bataillons de diptères agglutinés aux lanières de chair que les hyènes engloutissent, arrachées à la charogne alanguie dans l'herbe floquée de sang.

2. le chemin de l'eau

La nuit moribonde bataillait avec le jour, rechignant à céder du terrain au ciel et sur la terre, comme deux chiens qui se disputent le même os – l'un voulant l'enterrer, l'autre en extraire la moelle –, quand Maman Sambani ordonna à Elia d'aller puiser l'eau au marigot.

L'injonction maternelle était dans l'ordre des choses, inhérente à la ritournelle des journées domestiques dont les femmes d'Afrique ont la charge, et au labeur qui les remplit ; liée au bon déroulement du jour à naître, juste après l'instant où Maman Sambani demandait à l'enfant de quitter sa natte.

– Ma fille, le jour t'appelle, l'ouvrage ne manquera pas.

Une bouillie de maïs attendait Elia près du foyer.

Encore engourdie de sommeil, l'esprit embrumé par un rêve dont les images commençaient doucement à s'estomper, Elia lutta pour retrouver la sensation de légèreté éprouvée au réveil avant que la collision du réel ne la saisisse tout entière. La présence de Maman Sambani, allant et venant dans la maison, la contrariait ; elle la rappelait à ses tâches domestiques alors que le désir de s'y soustraire la taraudait. Comme une envie de prolonger la nuit, de retourner au *no man's land* temporel des songes.

Ses rêves étaient-ils faits, s'interrogeait Elia, pour la tirer vers une vie meilleure, une vie où elle ne serait pas condamnée à marcher dans les pas de Maman Sambani, ou n'étaient-ils qu'une simple récréation ? Un beau livre d'images.

Comme celui-ci dont elle se trouvait encore tout imprégnée.

Une plaine herbeuse sous un ciel bleu électrique, nu et vertigineux. La jeune fille y traçait son sillon tel le nageur s'ouvre les flots par le mouvement métronomique de ses bras. Avec grâce, elle écartait les franges des rideaux de carex. À peine si les fougères et les euphorbes frissonnaient sur son passage. Elle ne portait pas de bassine ni le canari traditionnel.

Si la savane lui était familière, Elia n'avait aucune raison de s'y aventurer. Elle était l'affaire des hommes, des guerriers et des chasseurs ; le territoire des prédateurs. Les fauves la parcouraient en longues foulées souples. Après leurs agapes de chairs, ils s'assoupissaient sous l'ombre d'un acacia parapluie.

Mais, dans son rêve, Elia n'avait rien à craindre des pièges de la savane. Ni des braconniers. Deux bêtes l'escortaient. Superbes créatures façonnées pour la course, agrafées à sa taille : une lionne sur sa gauche, une antilope bordait son flanc droit. Une fragrance musquée serpentait d'une bête à l'autre.

Au loin, après les maigres frondaisons d'une barrière d'acacias, se détachait une chaîne de montagnes aux collerettes bleues crochetant les nuages porteurs de pluie.

Il n'y avait ni commencement ni fin à ce rêve, rien qui expliquât cette marche déterminée, ainsi qu'un foyer laissé derrière soi, une guerre ou une famine à l'origine de la transhumance des hommes.

Une promenade en somme où seuls comptaient la présence des bêtes et l'infini du ciel bleu soutenu par l'enfilade de colonnes montagneuses.

Cela aurait pu être la même séquence repassée devant ses yeux, en boucle.

Un détail pouvait-il en éclairer le sens ? Ou l'absence d'un élément familier à l'enfant ?

Elia fronça les sourcils, plissa les yeux pour se projeter là-bas. Elle revoyait les scarabées posés à l'équilibre sur la pointe des tiges de graminées, les flancs des bêtes traversés par des ondes électriques, leurs oreilles mobiles, l'ondulation des échines. Aucun insecte ne grésillait dans les herbes, pas un souffle de vent, pas un chant. Ni cri ni respiration. Juste le chuintement du silence cosmique.

Si Maman Sambani ne l'avait pas sortie plus tôt du sommeil, peut-être qu'Elia aurait pu connaître le terme de sa course.

Sa contrariété se mua en quelque chose qui ressemblait à du ressentiment.

Bientôt, rattrapée par l'impérieuse réalité, l'enchaînement des actions qui tendraient tous les filins de ses muscles, et la fatigue douloureuse qui s'ensuivrait, Elia oublierait la sérénité, le sentiment de sécurité dont elle jouissait dans son rêve, rassérénée par la présence des deux compagnes à ses côtés.

Surtout, elle ne s'attarderait pas à en percer le sens, sa signification totémique.

Ce n'était pourtant pas la première fois qu'elle faisait ce rêve. Jamais elle n'allait au-delà de cette savane, pire qu'un désert. Impossible d'atteindre les montagnes bleues.

Peut-être qu'en enfourchant l'antilope, sa course en eût été changée. Était-il possible d'interférer dans le déroulé du rêve, et, par sa seule volonté, reprendre là où il s'arrêtait pour en hâter le dénouement ?

D'abord, il lui faudrait devenir sourde à l'appel maternel, et, pressée contre l'encolure de sa monture, se laisser abrutir de vent et de vitesse pour franchir le col des montagnes.

Elia se promit d'essayer la nuit prochaine.

*

Sitôt la dernière cuillerée de bouillie raclée dans la calebasse, Maman Sambani surgissait. Dans sa bouche, entre ses lèvres, passant la barrière des dents, tous les matins, le même commandement :

– Il est temps, ma fille, d'aller puiser l'eau au marigot.

Mais, ce matin-là, le ton de Maman Sambani surprit l'enfant.

Ou était-ce son rêve de savane qui déclencha en elle une furieuse envie d'insubordination ?

Depuis que la Terre supportait ce vieux continent noir de soleil, balafré de pistes poussiéreuses bordées d'épineux, ces territoires déroulant des arpents de plaines craquelées où serpentait une végétation rase et rare, peuplée d'animaux puissants, parfaites mécaniques de férocité, ce terreau aride, riche d'espèces panchroniques, le portage de l'eau incombait aux femmes comme la juste réponse à toute cette hémorragie solaire.

Une servitude volontaire, déclarée d'utilité publique.

Inscrite dans leur nature pelvienne.

Tant de voies d'eau circulaient entre les neuf portes de leurs corps pour s'aboucher, ici, à leur ventre, leur vagin, là, à leurs seins – sang, cyprine, lymphe, glaires, morve, menstrues, liquide amniotique, lait, salive et larmes !

L'eau appelle l'eau.

Un destin scellé à la mamelle.

Fillettes, elles y mettaient de l'ardeur et aussi, il faut bien le dire, un peu d'insouciance par leurs jeux et leurs danses ; femmes, de l'abnégation, une forme d'obstination têtue.

Et si, enfant, Elia l'avait accompli en bon petit soldat de l'eau, la jeune fille sentait bien que ces jours-là étaient désormais comptés, alors que Bako, Ravaka, Lizi et Violette s'en acquittaient sans barguigner pendant que leurs frères jouaient au foot, accomplissaient des prouesses acrobatiques à vélo avant d'aller à l'école. Leurs exploits étaient salués par les aboiements des chiens. Des chiens maigres et jaunes qui jaillissaient dans leurs roues, mordaient rageusement le ballon.

Les chiens n'accompagnaient jamais les filles. Ils n'étaient pas les gardiens des femmes.

Elia pensa qu'ils préféraient l'excitation des jeux plutôt que protéger le chemin de l'eau.

Comment leur donner tort ?

Et tous les jours recommencés, serinée de case en case, de village en village, portée par les vents des déserts, les brises lacustres aux quatre coins de l'Afrique :

– Il est temps, ma fille, d'aller puiser l'eau au marigot.

Car l'injonction avait un précédent, un commandement originel, enfanté dans la poussière ocre et rouge, elle qui n'aspirait qu'à devenir une motte terraquée féconde et nourricière. Un commandement prononcé au dernier jour de la Création alors que tout ce qui portait la vie sur Terre s'était déjà vu assigner une fonction :

– Femme, tu puiseras l'eau au sel de ton front.

Et jamais personne au village pour fêter leur retour ou saluer leur courage.

En déclenchant une grève pour sommer les hommes de reconnaître la valeur de leur travail, les femmes auraient pu tirer profit de leur statut.

Aux porteuses d'eau, la communauté reconnaissante...

Y avait-il, dans tout le pays, se demandait Elia, et sur cette Terre, un seul animal – hormis le petit à la mamelle – qui comptât sur un autre pour lui fournir sa ration journalière ? La lionne rapportait-elle à son fainéant de mâle de l'eau dans sa gueule ?

– Et que celui qui a soif trouve la source !

Tel eût été le mot d'ordre de la première grève de l'eau menée par les femmes africaines dont Elia aurait pris la tête.

Alors, on aurait vu les hommes aux torses d'argile perdre d'un coup de leur superbe, leur épiderme peler comme pèle l'écorce des eucalyptus, leurs muscles, gagnés par l'ankylose, se déliter au soleil, et leurs corps, devenus friables, retourner à la poussière.

L'eau était la force des femmes d'Afrique.

Et une épine à leur talon.

Occupées par les tâches domestiques, les filles délaissaient l'école. La corvée d'eau rognait sur les heures d'apprentissage, elle tuait dans l'œuf, dès l'ovule, toute manœuvre de sédition. Elle perpétuait l'infériorité dans leurs gènes, l'infériorité du genre et laissait le champ libre aux superstitions, aux droits coutumiers, aux chefs traditionnels, aux hommes.

Et cela perdurerait aussi longtemps que la brûlure du soleil sur l'échine de l'Afrique.

– Elia, ma fille, tu puiseras l'eau au sel de ton front, à la sueur de tes aisselles, au ruissellement sur tes hanches…

Ainsi parlaient, d'une même voix, toutes les mères africaines.

– *C'est avec l'eau du corps qu'on tire celle du puits.*

Ainsi parlait Maman Sambani.

*

Mais, ce matin-là, Maman Sambani n'avait pas employé le ton habituel. Pas davantage crié. L'ordre était connu, intériorisé par Elia. Pas un mot de plus que ces douze-là, cadencés en trois temps pour s'accorder à la marche, bien que forcée, toujours gracieuse et chaloupée de la jeune fille sur le chemin de l'eau :

Il est temps, ma fille,
Un déhanché à droite,

d'aller puiser l'eau
Un déhanché à gauche

au marigot.
Un coup de reins !

Ponctué d'un claquement de langue. Avec l'impression d'avoir reçu une volée de tiges sèches sur le dos. Instinctivement, l'enfant avait courbé l'échine avant de se couler hors de la natte. Elle était allée prendre la bassine remisée près du foyer.

Y mit-elle, ce matin-là, plus de lenteur que d'habitude ou de la mauvaise volonté, puisqu'on la disait forte tête, toujours est-il que l'injonction ne fut pas suivie des recommandations habituelles.

Maman Sambani mettait pourtant un point d'honneur à ordonner le jour à coups de proverbes, jaillis comme des graines de sorgho entre ses lèvres.

Proverbes talismans.

Formules grigris.

Sentences amulettes chargées de préserver sa maisonnée du mauvais œil.

Ainsi y en avait-il pour son homme préparant ses filets pour qu'un chambo géant ne l'entraîne pas par les fonds bien qu'un tel poisson appartînt au monde des contes. Pour ses fils sur le chemin de l'école même s'ils montraient peu de dispositions pour les études.

Et, pour sa fille chargée de la corvée, Maman Sambani disait :

– Entends-moi bien, Elia, *cela doit être un aller-retour sans détour*.

L'enfant acquiesçait.

D'ordinaire.

– Oui, amayi.

Ou bien alors :

– Le chemin le plus court court souvent à sa perte…

La formule sonnait comme un avertissement. Elia devinait une réalité plus sordide : la morsure d'un serpent, la charge d'un rhinocéros, la mâchoire d'un crocodile ou la violence d'un homme.

Maman Sambani n'osait orner ses préceptes d'exemples pour éviter de donner corps aux esprits malveillants.

– *Les esprits rôdeurs sont des sangsues*, disait-elle, *promptes à se nourrir de l'imagination des hommes.*

Elle-même ne s'exemptait pas de ces formules bien qu'elle en fût autant la détentrice que la garante. Des formules auto-immunes transmises par sa propre mère, laquelle les avait recueillies de la bouche de sa mère, et ainsi de suite, depuis que l'Être primordial avait créé l'Œuf qui engendrerait les vingt et une premières espèces à partir desquelles l'Homme noir était né.

Alors, pourquoi Maman Sambani n'avait-elle pas assuré Elia de la bienveillance des Fétiches ?

La jeune fille avait attendu sur le seuil. La moitié de son corps tendu vers la piste où la lumière jaune avait fini par gicler de l'œuf solaire, l'autre encore tournée vers la maîtresse du foyer.

– Amayi…, murmura Elia.

Peut-être était-ce le moment de lui déclarer qu'elle préférait accompagner ses frères à l'école, qu'instruite et savante, elle serait aussi utile à la communauté qu'un chef ou un prêtre.

Mais Maman Sambani avait détourné son regard pour s'emparer d'un balai. Et tandis qu'elle traquait la poussière à grands coups frénétiques, Elia s'imagina que c'était son ombre ou peut-être l'empreinte de son corps qu'elle effaçait pour la chasser de la maison avec une énergie disproportionnée qu'elle ne lui connaissait pas.

Cette fureur la stupéfia.

Elle avait beau se creuser la tête, elle ne voyait pas ce qui avait pu l'irriter. Sauf à avoir deviné son désir de liberté.

Elia sentit la bouillie remonter dans sa bouche. Un hoquet étouffé dans la paume, et c'est une part de son petit déjeuner qu'elle abandonna sur le seuil aux fourmis rouges avant de tourner les talons.

L'âne l'attendait dans son enclos. Elle flatta son encolure, lui communiquant toute la tendresse dont elle se sentait privée ce matin-là, avant de lui passer le licol. Pendant qu'il mâchouillait la longe, elle le harnacha d'une ceinture de bidons multicolores, puis le tira hors du village.

Mais la jeune fille avait beau délier sa cheville, sautiller sur le chemin – parce que c'était encore de son âge –, le cœur n'y était pas.

L'élan n'y était plus.

Considérant soudain l'âne, elle lui en voulut de n'être qu'une bête de somme, non une lionne ou cette antilope sur le dos de laquelle Elia aurait pu découvrir un monde plus vaste. Elle l'aurait bien battu pour ça si elle ne s'était sentie épiée par Maman Sambani.

La jeune fille espérait que son malaise s'apaiserait au marigot. Elle comptait sur la présence de Bako, Ravaka, Lizi et Violette pour la réconforter, la remettre dans de meilleures dispositions, tout en se doutant que son trouble ne manquerait pas de resurgir au retour, grandissant à l'approche du foyer où l'attendrait Maman Sambani dont elle avait perçu l'hostilité sans en comprendre la raison. Alors que c'était elle, Elia, qui avait toutes les raisons de se mettre en colère contre l'injustice qu'on faisait à son sexe. Une colère froide, un serpent d'eau logé dans sa poitrine, l'obligea à respirer par saccades, semblables à des sanglots secs.

*

Les singes hurleurs, les barbicans et les pygargues vocifères accompagnèrent ses premiers pas hors du village. Ils couvraient par leurs cris la musique creuse des bidons accrochés aux flancs de l'âne. Une cacophonie perchée dans les hauteurs des arbres ; leurs branches s'agitaient dans un bruit de papier froissé sans qu'on pût distinguer dans les frondaisons ni poil ni plume d'un de ces animaux braillards. On aurait dit que, dérangés par leur équipage, ils la houspillaient, s'excitaient, se contaminant à leurs propres cris.

Pourtant ces animaux étaient acclimatés aux hommes ; ils connaissaient les porteuses d'eau et leurs ânes ; il y avait bien longtemps qu'ils ne s'effrayaient plus des bidons brinquebalants ni du cri des essieux des brouettes.

S'agissait-il de nouvelles colonies ?

La jeune fille faisait-elle plus de bruit qu'à l'accoutumée ?

Les animaux avaient-ils perçu son malaise se disputant à son désir d'échapper à ses devoirs de fille, s'en trouvaient-ils rendus nerveux à leur tour ?

Bien que leur ramage lui semblât plus important que d'ordinaire, Elia décida de ne pas y accorder de l'importance.

Ce en quoi elle avait tort.

– Tintamarre dans les airs, arrivée de nouvelles…

Un proverbe de Maman Sambani.

3. Daniel et Susan

Sur son chemin, la fillette rencontra le gardien de chèvres, Daniel, le frère aîné de Maman Sambani. L'Oncle était veuf et sans enfants.

Elia n'avait jamais connu Susan, disparue des années plus tôt. Il n'y avait aucune trace de son passage sur cette terre, pas un objet qui lui eût appartenu, ni vêtements ni bijoux. Pas même une tombe. Elle était un esprit sans repos. Un corps perdu, sombré, évanoui, comme dissous. Définitivement privée de funérailles.

Un matin, la jeune épouse avait marché jusqu'au lac ; elle y était entrée tout habillée et s'y était noyée.

Depuis leurs embarcations, des pêcheurs avaient suivi la scène, étonnés par la persévérance qu'elle mit dans ses mouvements, ce qu'ils crurent d'abord être une lutte pour s'arracher au courant.

Les bras décollés du buste, Susan progressait en impulsant des rotations à son bassin. Son pagne flottait derrière elle, comme une traîne rouge.

Les hommes n'avaient pas eu la présence d'esprit de se porter vers la jeune femme. Empêchés par la surprise et fascinés par la beauté du tissu écarlate déployé sur les eaux cielleuses.

Un envol de flamants stoppa Susan dans son élan.

Un temps, les pêcheurs espérèrent qu'elle rebrousserait chemin. Les flamants étaient des oiseaux de bon augure. Rêver de flamant rose était signe de fortune.

Mais le demi-tour exigerait des efforts colossaux, car s'il est déjà mal aisé de lutter contre le courant, se retourner vers la rive en pivotant, un pied soudé au fond, l'autre en équilibre, c'était prendre le risque de glisser sur la vase et de se noyer, et d'une manière plus atroce encore, juste après y avoir renoncé.

Les flamants entamèrent leur ascension ; ils prirent un virage à bâbord pour la survoler. Une frange de l'escouade la déborda sur la gauche, l'autre sur la droite de manière à former un triangle.

Vue du ciel, la tête de Susan semblait un rocher huileux posé à la surface des flots roses dans le matin naissant.

Et si un échassier, piqué par la curiosité, était venu s'y reposer les ailes ?

Les hommes voulaient y croire. Un seul de ces oiseaux pouvait encore les dédouaner de leur impuissance.

Mais leur instinct grégaire commandait à ces oiseaux de manœuvrer ensemble vers le soleil levant.

Le miracle ne s'était pas produit. On pensa que les Esprits bienveillants du lac avaient abandonné Susan à son sort à moins qu'elle se soit refusée à les invoquer.

Dans le fracas du vol, une myriade de plumes recouvrirent ses épaules d'une mousseline écarlate. Les flamants s'éloignèrent. Susan les suivit du regard jusqu'à ce que l'or du soleil les dissolve dans un bouillon incandescent.

Alors, elle reprit sa progression, s'avança aussi loin qu'elle put. Quand les flots lui arrivèrent au-dessus de la poitrine, elle se pinça le nez, puis, d'un coup, s'immergea. La traîne rouge fila dans les fonds comme un de ces cichlidés gorge de feu que l'on trouve en abondance dans les eaux du lac.

Susan avait disparu dans une gerbe de bulles et de plumes roses.

On ne retrouva pas le corps. Les courants l'avaient emporté, ou les Esprits du lac. Si bien qu'en dépit des témoignages des pêcheurs qui, passé le moment de stupeur, avaient pagayé jusqu'à l'endroit où Susan avait sombré, sans rien discerner dans les eaux troubles qu'une nuée de cichlidés multicolores nageant à contre-courant, Daniel refusa d'admettre la réalité.

– Susan est partie, disait-il.

Comme s'il s'agissait d'un simple voyage.

Sous l'emprise de la chibuku qu'il consomma sans modération les premiers mois de la disparition, il prit l'habitude de remplir le vide laissé par l'épouse d'histoires à dormir debout. Attaquée par une lionne ou chargée par un buffle, Susan avait trouvé refuge sur le dos d'une girafe dont la course l'avait emportée loin du pays. Ou bien, elle avait rejoint la ville. Elle avait intégré la congrégation des sœurs missionnaires de Notre-Dame d'Afrique ; elle travaillait dans un palace en qualité de gouvernante.

Daniel affirmait que Susan allait bientôt rentrer. Riche, éblouissante, inchangée, qu'elle comblerait les villageois de cadeaux, donnerait des piécettes aux enfants, des billets roulés en cône aux vieillards, des cigarettes aux hommes et des caresses aux chiens.

C'était là les élucubrations d'un homme éperdu de douleur.

Le chef Kalao avait bien tenté de le raisonner. Il convoqua les témoins de la scène, que les pêcheurs répètent au veuf comment Susan s'était noyée. Le chef Kalao leur avait demandé de s'en tenir strictement aux faits, d'oublier les flamants, le soleil levant et le pagne rouge ; les images poétiques édulcoraient la réalité.

Mais il n'y a pas plus aveugle qu'un homme qui refuse de voir.

Pendant que le veuf se perdait en conjectures et en larmes, le village s'interrogeait sur la raison du geste de Susan.

On se mit à décompter les mois de leur union ; les doigts des deux mains n'y suffirent pas.

Le couple était marié depuis dix-huit lunes. Un prêtre avait béni les époux. Les griots avaient dressé la liste des exploits des ancêtres des deux branches. En tant que frère aîné de l'épousée, le chef Kalao avait lancé la première danse. Durant deux jours et deux nuits, chants, danses s'étaient succédé au son des tam-tams. Aucune querelle, aucune rixe n'avait éclaté entre les frères des mariés. Les familles avaient offert des offrandes aux Esprits. Chacune avait sorti les Fétiches, les avait honorés ; on avait brûlé de la résine d'aloès pour chasser les mauvais esprits. Et, au matin de la cérémonie, Daniel était monté dans l'arbre de Mawa pour y nouer une tresse de rubans entrelacés : un vert pour s'assurer de la fertilité de son foyer, un jaune pour la prospérité.

Ainsi, avait-on pensé à s'accorder la faveur du Dieu des chrétiens, des Esprits bienveillants et des mânes. Les indigents n'avaient pas été oubliés ; des bananes matooke, des sodas et des cigarettes leur avaient été distribués par les mariés.

Seulement, les mois passèrent. On approchait de l'échéance de la fête des moissons sans que l'on vît le ventre de l'épouse s'arrondir. Alors on comprit : Susan avait souhaité délivrer Daniel des liens du mariage, qu'il se trouve une nouvelle épouse.

Une femme féconde parce que la terre doit rapporter à celui qui la cultive.

Le lendemain de sa mort, on s'aperçut de la disparition du ruban vert. On en informa le chef. Les griots se perdirent en conjectures : un djinn était venu l'emporter pour le remettre à la défunte lors de son voyage parmi les ombres, dit un premier. Ou bien Susan, Susan au ventre vide, Susan au ventre de mangue sèche, l'avait détaché elle-même pour libérer son homme de sa promesse, dit un second.

Toujours est-il que le veuf resta inconsolable.

Le temps qui s'arrange avec notre mémoire ne cicatrisa pas celle du mari. Pour demeurer fidèle à son épouse, il fit vœu d'abstinence. Daniel aurait pu devenir prêtre mais, économe de ses mots, il aurait fait un piètre sermonneur.

Il se contenta d'être le berger de ses chèvres. Parce que les chèvres ont cette particularité d'être de grandes contemplatrices béates de la vie.

Le troupeau n'exigeait rien de lui, hormis ce qu'un berger peut apporter à ses bêtes : des soins, de l'herbe, de l'eau et un bouc à la saison des amours.

Si ses chèvres ne purent le guérir, elles le soulagèrent de sa peine.

Les années passant, son peu d'enclin à fréquenter ses semblables fit de l'Oncle un solitaire, presque un ermite. Pour le village, le veuf était devenu un sage doublé d'une sentinelle. Unique berger au sein d'une population de pêcheurs, Daniel serait en mesure de les avertir de la présence d'un fauve solitaire, de braconniers en maraude ou de l'arrivée des rangers.

Ici, une sentinelle est bien plus utile qu'un prêtre.

Pourtant, ce matin-là, ce matin où Elia avait été envoyée sur le chemin de l'eau par Maman Sambani, Daniel somnolait. Aussi n'avait-il pas eu connaissance du passage de la hyène-Mère.

*

Le troupeau se réveillait. Il commençait à s'égailler sur la parcelle, une nappe de pelouse reverdie dans la nuit baignée par les brises lacustres. Les chevrettes appelaient les petits pour la tétée. Dans un bêlement grêle, les chevreaux leur répondaient. Tandis qu'ils donnaient des coups de tête pour stimuler la descente du lait jusqu'aux trayons, les mères léchaient des herbes alourdies de rosée. Elia savait qu'à la fin de la journée, l'Oncle emmènerait son petit monde se désaltérer au marigot.

L'enfant agita la main. Daniel lui rendit son salut. Elle allait passer son chemin quand il la retint d'un appel.

– Elia ! Veux-tu bien suspendre ta course, mon enfant !

La fillette s'arrêta, surprise.

L'Oncle n'était pas liant. Il ne participait jamais aux cérémonies ni aux fêtes. Il avait décliné la proposition du chef Kalao de siéger au comité des Sages. Elia doutait, jusqu'à ce jour, qu'il pût la distinguer parmi les autres porteuses d'eau.

Pourtant, ce matin-là, il ne se contenta pas de la saluer de loin, comme à l'accoutumée, il l'arrêta, l'appela par son prénom.

Décidément, ce jour n'était pas le fruit de la semaine. Encore un dicton de Maman Sambani.

L'Oncle fut près d'elle en trois enjambées.

– Une de mes chevrettes a eu son petit cette nuit. Il n'a pas survécu.

Au bout de son bras, il lui tendit une calebasse. Le lait dégageait une odeur légèrement aigre.

– J'ai dû la traire pour la soulager.

– Comme je suis peinée pour ton chevreau, mon Oncle, répondit Elia.

Daniel ne releva pas. La compassion des hommes n'était plus son affaire depuis longtemps.

L'enfant déposa la bassine sur le sol et libéra l'âne. Aussitôt, il trottina vers les chèvres qu'il ne tarda pas à effrayer avec ses bidons hoquetant sur ses flancs tandis que les petits, excités par l'intrus, l'encerclaient de cabrioles.

Avant de porter le breuvage à ses lèvres, Elia fixa l'Oncle pour demander de quoi était mort le chevreau.

– Il est né avant le terme…

La jeune mère ne s'en était pas occupée. Le chevreau, empêtré dans son placenta, était mort de froid, de faim et d'indifférence.

Elia n'osa pas demander ce qu'il était advenu de la dépouille, étonnée de voir l'Oncle si disert. Peut-être avait-il pris la peine de l'ensevelir, après tout.

Les bergers répugnent à voir les charognards dévorer leurs bêtes par crainte qu'ils ne prennent de mauvaises habitudes par la suite.

Tout en jetant des regards furtifs à l'Oncle, lequel ne lui prêtait plus attention, occupé à tailler un bâton, Elia se demanda, songeant à la chevrette, si la Nature produisait de mauvaises mères. Était-il possible de nourrir du détachement, de l'indifférence à l'égard de ses propres enfants ? Voulait-on toujours leur bien ? Pourquoi les mères donnaient-elles si souvent leur préférence aux fils ?

Elia n'était pas dupe.

Quand Maman Sambani lui commandait de se lever, ses frères dormaient. Ils n'étaient pas astreints, eux, à des corvées domestiques, ces tâches quotidiennes qui transformaient les corps des filles en de petites mécaniques serviles. Même les repas étaient des marqueurs de différence. Bien qu'Elia fût leur aînée, Maman Sambani servait d'abord Moses et Nelson. Ses frères avaient droit aux meilleurs morceaux, à des portions généreuses. Ainsi, repos et repas les fortifiaient-ils.

Tout en lapant son lait pour faire durer le plaisir, Elia poursuivit sa réflexion. Et peut-être était-ce directement de ce lait que sourdaient ses nouvelles pensées.

Moses et Nelson avaient le droit de courir, de crier, de siffler. Ils pouvaient dire des gros mots et porter des chaussures de sport. Ils grimpaient aux arbres, nageaient, faisaient du vélo. Ils étaient faits pour l'action. Maman Sambani tolérait leurs bagarres. Ainsi, ils prenaient leurs marques, investissaient l'espace public. La raison pour laquelle, adultes, ils accéderaient à des fonctions de chef, de prêtre, d'imam, à d'autres postes hiérarchiques.

Surtout, les garçons pouvaient aller à l'école…

Alors, pour la première fois de sa vie, et peut-être à cause du chevreau mort, Elia pensa à la mère qu'elle deviendrait un jour. Et c'est ce matin-là, ce matin du vingt et unième jour où la hyène-Mère avait emprunté la piste plus tôt, son petit dans la gueule, qu'Elia se fit la promesse solennelle de préserver sa fille de la corvée d'eau afin que l'enfant ne ratât aucune journée d'école. Elle l'autoriserait à se battre, quitte à user de la ruse pour terrasser ses adversaires.

– *Si la nature n'a pas donné au singe la force, elle lui a donné cinq membres.*

Une queue bien utile pour se rattraper aux branches tout en se mettant à distance de ses poursuivants.

Rassérénée par le lait et la perspective de donner à sa fille un meilleur avenir, la jeune fille déposa la calebasse devant l'Oncle, reprit sa bassine, réajusta la ceinture des bidons sur ses hanches.

Avant de récupérer la longe de l'âne, elle se retourna :

– Mon Oncle, est-ce que tu seras là quand je repasserai ?

Il fallait qu'elle l'entretienne de son rêve, qu'elle raconte la savane, la lionne et l'antilope. Le berger l'aiderait à en déchiffrer les symboles.

Daniel était demeuré accroupi, son bâton fiché dans le sol. Sa sculpture prenait la forme d'une tête de femme. La finesse de ses traits frappa l'enfant.

Était-ce Susan ? Susan telle qu'elle demeurait dans le souvenir de l'homme aux cheveux grisonnants, belle et éternellement jeune ?

Il leva les yeux sur sa nièce.

– Ça dépend d'elles…

Elia détacha son regard du bâton sculpté pour observer les chèvres.

Leurs petits paraissaient montés sur des ressorts. Ils étaient rigolos avec leur manière de faire des bonds sur place, de se cabrer tout en se défiant ; ils baissaient la tête, grattaient le sol, reculaient pour prendre de l'élan mais abandonnaient bientôt la partie, distraits par le bêlement d'un congénère, l'appel d'un barbican ou le passage d'un aigle dans le ciel. Impossible de distinguer les mâles des femelles. Tous se livraient aux mêmes jeux, aux mêmes courses, tétaient ensemble le même lait maternel. Parfois un plus hardi déboulait parmi le troupeau, bousculait ses camarades, rebondissait sur le dos d'un adulte couché, le prenant pour un rocher, avant de repartir de plus belle.

C'était quand même dommage d'être obligé de les manger, se dit-elle.

Elia aurait pu les regarder longtemps si l'ordre maternel n'était pas revenu tinter à son oreille :

– Il est temps, ma fille, d'aller puiser l'eau au marigot.

Mais elle comprenait l'Oncle.

La simplicité des bêtes, l'insouciance des chevreaux, le troupeau tout entier offraient un spectacle reposant. Un divertissement. En se frottant les joues au poil des bêtes, en s'imprégnant de leur suint, en s'étourdissant de leur odeur de lait, d'herbe et de crottin, on pouvait guérir du chagrin, oublier le fracas du monde alentour. La pauvreté. La brûlure du soleil. La piste de latérite dont les poussières rouges s'infiltraient sous les ongles des orteils et marquaient les talons d'une coloration indélébile, comme on marque au fer le bétail. Oublier l'injustice. La différence faite par Maman Sambani entre ses frères et elle. Entre les garçons et les filles. La même qui, plus tard, préparerait toutes les injustices à venir.

Parce qu'il y avait le chemin de l'eau pour les filles et celui de l'école pour les garçons à qui on donnerait toujours des ballons et des vélos.

4. l'histoire de Mawa

À peine Elia avait-elle quitté l'Oncle, distante du troupeau après une courbe, qu'elle marqua une pause devant l'arbre de Mawa.

L'arrêt n'était pas dans ses habitudes. Témoin d'une tragédie auquel il devait son nom, l'arbre de Mawa l'intimidait.

Il n'était d'ailleurs plus vraiment un arbre mais une antenne parabolique déployée au bord de la piste. Les Anciens le considéraient comme un canal entre les hommes et le monde d'en bas. Arbre de partage et de vœux, on l'associait à la fête des récoltes, à l'intronisation d'un chef, aux funérailles. La veille de leur mariage, les fiancés l'escaladaient pour accrocher aux branches des bandelettes de tissu votives et, quand elles étaient grosses, les épouses faisaient des vœux pour le nourrisson à venir.

Une fragrance fauve circulait dans l'air, mêlée à une odeur discrète de lait. Une planchette arrachée à une palette fichée dans un tumulus de pierres portait l'indication de *Virage 9*.

Du marigot au village, la route comptabilisait vingt-sept virages. Ils signalaient une piste carrossable quoique sinueuse s'étendant sur cinq kilomètres, terminée par un cul-de-sac que prolongeait de quelques mètres l'embarcadère situé à l'extrémité de la rive sud du lac. L'ingéniosité des hommes débusquait des supports variés pour signaler leur nombre et donner une indication approximative de la distance qui séparait un point d'un autre : tantôt un rocher ou un tronc d'acacia, une palette, le couvercle troué d'une lessiveuse, parfois le crâne crayeux d'une bête à cornes.

Le chemin de l'eau était un trajet sans étape. Jamais Elia ne s'était autorisé un seul arrêt, sauf, parfois, pour déloger un caillou dans sa sandale. Et si, à la belle saison, les jours de marché, la piste se trouvait encombrée par des charrettes à bras, des ânes et des vélos, les dimanches par des familles se rendant à pied à l'office, Elia ne s'arrêtait pas en chemin pour faire la conversation avec un parent.

Un jour pourtant, au *Virage 13*, après lequel la piste bifurquait, un endroit appelé *la langue du serpent*, elle avait renseigné un homme blanc au volant d'une Jeep. Il voulait savoir s'il était bien sur le chemin du village. Le type ne parlait pas le chichewa, leur langue. Peut-être russe ou allemand, la langue d'un vieux pays d'Europe, dure et gutturale. De son côté, elle baragouinait un peu d'anglais mais avec un accent trop marqué pour se faire comprendre. À l'aide d'un dessin tracé sur le sol, elle lui expliqua qu'il s'en éloignait davantage qu'il s'en rapprochait s'il persistait sur cette voie.

L'homme lui avait fait une très mauvaise impression. Il transpirait abondamment sous son chapeau de brousse. Sa chemise ouverte jusqu'à la ceinture découvrait un torse fourni en poils grisonnants. Un affluent pileux, lustré par la transpiration, descendait jusqu'au nombril sur un estomac rebondi. Il portait des chaussures de rangers, un couteau dans un étui accroché à sa chaussure gauche.

Elle avait cru avoir affaire à un braconnier.

Mais depuis le programme de réintroduction des lions, le parc naturel était protégé par des gardes en arme. Le braconnage ne profitait qu'à une minorité d'individus peu recommandables venant des pays limitrophes alors que la manne touristique pouvait alléger les impôts des villageois.

L'homme ne l'avait pas remerciée. Il était reparti, laissant un nuage de poussière rouge dans son sillage. Son impolitesse n'avait pas étonné Elia. Son peuple était accoutumé à la suffisance des Blancs. Une survivance des mauvaises manières de colonisateurs.

Le pays s'ouvrait aux randonneurs attirés par le lac et la vallée du grand rift. À l'occasion, les autochtones leur servaient de guide ou offraient un repas sous leur toit. Pour réparer les torts passés, certains villageois peu scrupuleux soutiraient de l'argent aux touristes qui manifestaient le désir de visiter l'église, d'assister à un office ou à une danse. Le guide improvisé adaptait ses tarifs au client. Les Blancs sujets à l'embonpoint déboursaient davantage.

– *Le zébu maigre n'est pas léché par ses congénères,* disait Maman Sambani.

Elia avait été trop bonne de renseigner l'homme blanc. Un braconnier peut-être. Elle n'en avait retiré aucune satisfaction ni pourboire. Plutôt un malaise. L'intérêt de l'homme pour leur village ne lui disait rien qui vaille.

Au retour, alors qu'elle l'avait chassé de son esprit comme une vulgaire mouche, Elia avait aperçu la Jeep garée devant la maison du chef Kalao. Plus tard, dans la soirée, elle avait revu l'homme assis sous le patio.

Le chef et le Blanc buvaient une bière. Ils riaient fort. À plusieurs reprises, elle les vit se taper sur l'épaule, entrechoquer leurs bouteilles comme des amis de longue date.

Qu'est-ce que le chef avait vendu à l'homme blanc ? Qu'est-ce que l'homme blanc avait obtenu du chef, et qui les mettait tous les deux en joie ?

Elia ne l'apprit que plus tard par Lizi.

Au début de la saison chaude, trois filles du quartier pauvre s'absentèrent quelques jours. Il se disait qu'elles avaient été envoyées dans un camp de vacances. Lorsqu'elles rentrèrent, ce fut pour une grande journée de lessive. Puis, elles disparurent à nouveau, et pour de bon.

Elia avait interrogé Lizi sur le motif de leur absence. On pouvait lui faire confiance pour être informée de toutes les affaires privées du village. Elle en connaissait les ragots par sa mère, secrétaire dans un dispensaire, qu'elle colportait à son tour. Ainsi pouvait-elle prédire la disparition prochaine d'un membre de la communauté et anticiper les mariages, d'après les naissances qui ne manqueraient pas de venir.

– Fourrés du soir agités, au matin nouveau-né.

Une Maman Sambani *bis*.

Alors, son amie lui rappela la présence de la Jeep chez le chef Kalao. Elia s'en souvenait, oui. Lizi avait alors expliqué que l'homme était revenu chercher les filles dans la soirée. Elles étaient montées dans le véhicule tout sourire. L'une d'elles avait dit à Lizi que, présentées à des hommes à la fin de leur séjour, elles se rendaient à la capitale pour se marier.

Lizi précisa que Kalinde, la fille qui lui faisait ces confidences, avait soudain eu un doux regard de girafe, clignant exagérément des paupières.

Elia avait peine à la croire. Elle imaginait mal un étranger, un Blanc, venir au village négocier des mariages, pas plus qu'elle le voyait dans la peau du chauffeur. Ici, la profession de marieuse ne se déclinait pas au masculin.

Lizi avait eu alors cette réflexion étrange qui empêcha Elia de trouver le sommeil quelques nuits :

– Personne ne t'a dit qu'elles vont épouser des Noirs…

Ce n'était d'ailleurs pas les hommes qui manquaient au village.

Et Lizi de conclure :

– Je voudrais bien que ça m'arrive aussi.

On ne revit plus jamais les filles ni la Jeep. Seule Elia conserva de cette histoire une forme de culpabilité. Elle avait renseigné l'homme blanc. Elle ne pouvait s'empêcher de penser que si elle l'avait ignoré, les trois filles n'auraient pas été « vendues » par le chef. Car, revoyant la scène sous le patio où Kalao et le Blanc avaient trinqué, Elia ne doutait plus des termes de leur marché.

Mais peut-être, après tout, était-ce la volonté des Fétiches. Et elle se sentit dépassée.

Mektoub.

Il était naturellement tentant de se défausser sur les Fétiches.

*

Or, ce matin-là, Elia n'avait pas parcouru un tiers du trajet habituel quand elle s'arrêta au pied de l'arbre de Mawa.

Quand Maman Sambani l'avait envoyée sur le chemin de l'eau, un chemin *sans détour* pour s'assurer d'un *retour*, elle ne lui avait pas interdit les pauses. Parce que Maman Sambani n'ignorait pas qu'on ne gagne rien à traîner en route. Au contraire, c'était courir le risque de se retrouver seule au point de ravitaillement et de croiser la route des fauves venus s'y abreuver ; c'était, dans une moindre mesure, prendre le risque de puiser une eau boueuse après le passage des porteuses, une eau qu'il faudrait filtrer et bouillir. Maman Sambani le lui reprocherait à cause des bouteilles de gaz qui coûtaient cher. C'était possiblement encore devenir le sujet des railleries des femmes remontant la piste, et passer pour une paresseuse. Une douroucouli ! Ce petit singe aux yeux de hibou qui dort plus de dix-sept heures par jour. Un jour, le maître avait passé un documentaire sur les animaux du monde. Depuis, le douroucouli était devenu le surnom des cancres et des tire-au-flanc.

– Elia, la paresseuse ! Elia la douroucouli..., chanteraient les gamins en l'entourant.

Ici, on a tôt fait d'hériter d'un surnom.

C'était, enfin, refaire le chemin à l'envers sous le soleil qui mord la nuque.

Seulement l'arbre de Mawa l'avait stoppée net sur le chemin de l'eau. Comme tout à l'heure l'Oncle.

C'est que l'arbre l'avait quasiment hélée :

– *Elia... E... li... a. Eliaaa...*

Un bruissement.

Alors qu'il n'y avait pas une brindille de vent dans son feuillage.

Bien sûr, ce n'était pas la première fois que l'arbre parlait. C'était même l'une de ses spécialités.

Il était de notoriété publique que l'arbre de Mawa s'adresse aux Sages, aux griots, et parfois au chef Kalao, lequel était pourtant connu pour le consulter sans conviction. Si une question ayant trait à la bonne marche du village taraudait la communauté, le griot ou l'un des Sages venait y chercher un conseil. Le protocole était immuable : le Sage ou le griot enlaçait le tronc, posait son oreille tout contre l'écorce et attendait, attendait. Bien luné, l'arbre délivrait son message dans l'heure, usant de métaphores et de paraboles. À charge pour les Sages de déchiffrer le langage arboricole, et aux griots de les mettre en poèmes pour les scander.

Cette science du déchiffrage n'était pas donnée aux femmes ni aux enfants. Des esprits simples et domestiques. Aussi se contentaient-ils d'assister aux conciliabules des Sages, d'écouter la harangue des chefs, ou de faire des vœux et des nœuds dans des foulards.

Mais aujourd'hui, l'appel de l'arbre de Mawa rebattait les cartes.

C'était la première fois qu'il interpellait nommément un membre de la communauté. Peut-être éprouvait-il le besoin de se délester d'une part de ses secrets auprès d'une porteuse d'eau capable de l'entendre sans s'étonner de l'étrangeté du canal. D'ailleurs, était-on certain que c'était bien l'arbre qui parlait aux hommes ? Peut-être étaient-ce les nuages, le ciel, les Fétiches qui se servaient du vent dans ses feuilles pour communiquer avec les hommes, ou la Terre par le biais du système racinaire, ou bien les morts…

Qu'importe qui parlait, mais quelqu'un ou quelque chose s'adressait ce matin à Elia et il fallait qu'elle l'entende.

La parole de l'arbre était un phénomène aussi rare que celle de l'Oncle Daniel.

Parole de sagesse.

Parole préventive.

Elia se fit alors la réflexion que si Maman Sambani avait omis de lui prodiguer un de ses proverbes, l'arbre y pallierait. Et tant pis si son avance s'en trouvait réduite. Elle dirait que Daniel avait eu besoin d'elle pour mettre bas le chevreau, l'animal se présentant mal. Elle ne dirait pas qu'il était mort. Un mensonge doit être beau.

Elle ne lui dirait certainement pas que l'arbre l'avait arrêtée sur la route. Les Sages, hommes chenus et jaloux de leur savoir, étaient persuadés qu'il ne s'adressait qu'aux puissants. Ils crieraient au blasphème, ils traiteraient Elia de menteuse. Maman Sambani la punirait :

– *Si l'oiseau vole dans le ciel, il n'oublie pas que ses os tomberont sur le sol à sa mort.*

Autrement dit, les garçons peuvent faire les coqs, les filles ne font pas pipi debout.

Pourtant, il y a des mensonges qui endossent les habits de la vérité, et des vérités qui s'habillent des oripeaux du mensonge. Ainsi, Maman Sambani soutenait qu'il est plus facile de croire que la Terre est plate, vu qu'on s'y trouve toujours d'aplomb, plutôt que ronde étant donné qu'on n'a jamais vu quelqu'un se déplacer en roulant. Il était tentant de la croire.

Elia libéra une nouvelle fois l'âne puis vint poser son front contre le tronc avant de l'enserrer de ses bras. Elle était trop petite pour en faire le tour. Elle ferma les paupières.

Elle n'avait pas rêvé, non. Le feuillage avait émis une plainte, une supplication.

– *Elia... E... li... a. Eliaaa...*

Maintenant, il fallait attendre que l'esprit de Mawa descende sur elle par le chemin de la sève. Demeurer tout ce temps immobile, silencieuse. Elle ne savait si elle s'y prenait bien, le mieux était de l'épouser, de s'enrouler à lui ; sentir au bout de ses doigts les terminaisons nerveuses se prolonger jusque dans l'écorce, rejoindre les fibres du bois.

Ses épousailles lui paraissaient naturelles. Et des pensées étranges commencèrent à circuler en elle.

Peut-être que se marier à un arbre lui éviterait des déconvenues. Daniel était bien marié, lui, à ce que prétendait Maman Sambani, à ses chèvres ! Des saintes et des religieuses avaient pour époux le fils de Dieu mort pour les hommes sur la Croix. Des gens, dans le monde, épousaient des idées... Alors pourquoi Elia n'épouserait-elle pas l'arbre qui l'avait désignée par son prénom ?

Unis dans le sang et la sève pour former un même tronc.

Mais l'arbre portait déjà le prénom de Mawa. Il était un très vieil arbre au tronc presque fossilisé, son écorce grise et chinée.

Sans décoller le corps du tronc, Elia leva la tête vers sa cime et ouvrit les yeux.

Le faîtage déployé en couronne était composé de feuilles éparses, poussiéreuses et de rubans multicolores. Les fibres des tissus argentés brillaient dans le soleil.

Les Anciens avaient toujours connu l'arbre. Il avait dû pousser en même temps que le village. Il s'était étoffé de rubans votifs tandis que la communauté s'agrandissait.

Mais l'arbre de Mawa ne s'était pas toujours appelé ainsi. Dans sa jeunesse, le marula, de la famille des pruniers sauvages, donnait des fruits. C'est après Mawa qu'il cessa d'en produire pour devenir l'arbre des vœux et du partage. L'arbre de Mawa.

Car, il y avait eu Mawa.

Il fallait remonter au temps de l'arrière-arrière-grand-mère d'Elia, laquelle avait bien connu l'enfant, une orpheline élevée par sa voisine.

Pour mériter sa bouillie de maïs, Mawa était chargée de cantiner l'eau et du ramassage des tiges sèches, elle devait encore s'occuper de la cuisine, balayer la case, dépoussiérer les nattes en les battant à l'aide d'un bâton plus gros que son bras. Mawa ne parlait à personne non parce qu'on le lui avait interdit mais parce qu'elle était muette. Quelqu'un avait coupé sa langue à sa naissance comme si on souhaitait qu'elle ne pût rien dévoiler de ses origines, si tant est qu'elle pouvait s'en souvenir. Deux précautions valent mieux qu'une.

La fillette fut déposée par une main inconnue à l'aube d'un jour nouveau au pied du marula dont l'ombrage la protégea des ardeurs du soleil. L'homme appartenait sans doute à une tribu implantée de l'autre côté du lac ou il était un émissaire venu d'un désert. Un père dont l'épouse était morte en couches. Toujours est-il qu'il déserta les lieux sur la pointe des pieds pour ne pas déclencher les pleurs du nourrisson, lesquels auraient provoqué l'ire des pygargues.

En se rendant au marigot, les femmes découvrirent le nourrisson endormi dans un panier. Elles abandonnèrent aussitôt bidons et bassines pour rapporter le couffin au village. Les Sages auscultèrent l'enfant, la trouvèrent bien portante quoique maigrelette, ils notèrent également un teint plus clair sans être pour autant un bébé albinos ; ils auraient été obligés d'en débattre pour savoir s'il fallait mieux s'en débarrasser ou la vendre à des guérisseurs, les organes d'albinos ayant la réputation de soigner quantité de maux.

Après s'être assurés que l'enfant ne portait aucun signe tribal sur elle, ni tatouage, ni médaillon – c'est au cours de leur inspection que les Sages s'aperçurent qu'on avait sectionné la langue de la fillette – après avoir vérifié qu'aucune femme du village n'avait accouché en secret, bref, après s'être assurés que le nourrisson n'était pas un des leurs, ils délibérèrent sur sa garde. Et ils tombèrent d'accord pour la confier à une femme, encore jeune mais veuve, mère de cinq garçons.

– Toi qui as encore un fils à la mamelle, tu donneras ton autre sein à cette enfant.

Thabitha, c'était le nom de la femme, accepta d'élever la fillette à qui elle donna le prénom de Mawa.

Lorsque Mawa fut menstruée, on la chargea de la corvée d'eau. Elle devait rapporter deux fois son poids pour satisfaire les besoins de ses frères, de leur mère et le sien. Comme elle était petite et gracile, elle ne pouvait le faire en une seule fois. Et Thabitha était bien trop pauvre pour posséder un âne. Si bien que la gamine s'y rendait une première fois avec les femmes du village et qu'elle y retournait à la lumière déclinante.

Ce chemin-là, elle l'accomplissait seule. Il n'était pas rare de voir le ciel étendre son drap de nuit au moment où la fillette retrouvait le foyer.

Quelques mois passèrent ainsi, mais, un soir, Mawa ne rentra pas. Averti par Thabitha, le village entier se porta à sa recherche muni de torches dans un concert de vociférations poussées par les singes dérangés dans la nuit. Un chien flaira une piste. Elle conduisait vers le point d'eau. Le chien renifleur se mit à clabauder le long du rivage. Il avait perdu la piste. On crut que l'enfant s'était noyée.

Les regards étaient graves.

Soudain, on entendit un hurlement.

On commenterait longtemps ce cri, ni tout à fait humain ni pleinement animal. Un cri que personne ici n'avait encore jamais poussé et dans l'incapacité de le reproduire. Entre le brame du buffle et le vagissement d'un nouveau-né. Mais il ne fallait pas avoir les qualités d'un interprète pour y déchiffrer une prodigieuse terreur.

Le cri fut poussé à nouveau, mais comme étranglé.

Le chien récupéra la piste et, à sa suite, les hommes, les garçons et les torches, les femmes et les filles pressées en file indienne dans leur ombre. Une procession au terme de laquelle ils se heurtèrent au marula où, onze ans plus tôt, un inconnu avait déposé la fillette. La piste s'arrêtait là. Mawa n'y était pas. Un jerrican et un ruban rouge avaient été abandonnés. Thabitha reconnut l'un et l'autre.

C'est alors qu'une symphonie de cris retentit. Une chorale. Un déchaînement hystérique.

Ceux-là, on ne les connaissait que trop bien. C'était le rire des hyènes.

Le village eut honte d'avoir laissé la fillette seule sur le chemin de l'eau. Les hommes se sentirent traversés par des frissons ; les larmes emplirent les yeux des femmes. Les enfants s'accroupirent sous les pagnes maternels.

Ils étaient là, frappés de stupeur, pétrifiés d'impuissance, leur respiration suspendue. Ils s'attendaient à être foudroyés par le ciel. Les Fétiches leur avaient confié la fillette et un village entier n'avait pas été capable de la protéger.

Tous regardaient le ruban que tenait toujours la mère de Mawa, hébétée, comme s'attendant à le voir s'incarner, quand un de ses garçons le lui arracha.

Le jumeau élevé à la mamelle avec Mawa.

Il commença à grimper dans le marula. Son geste libéra les poitrines. On se remit à respirer et à se regarder. Les enfants qui avaient perçu l'agitation des adultes sortirent d'entre les jambes des mères pour suivre l'ascension du garçon. Il progressait à l'intérieur de la ramure, en zigzag, parmi les rameaux lourds de fruits. Ses orteils pinçaient les branches, et d'une main semblable à une griffe, il tâtonnait pour saisir la branche capable de supporter son poids. Le bois mort se cassait sur son passage, comme un bruit de cosse qui explose au soleil ; des fruits dégringolèrent avec un bruit de caillasse. Ils n'étaient pas mûrs. Le pied nu ripa et l'on crut que le garçon allait s'écraser sur le sol. Aussitôt, les hommes brandirent leurs torches vers le ciel afin de sécuriser la progression du gamin.

Tout un village vibrait au rythme de l'ascension. Leur rachat en dépendait. On eut dit que chacun avait placé en lui son espoir d'apaiser sa conscience sans mécontenter les Fétiches. En cas d'échec, ils devraient vivre sans la protection des esprits secourables, maudits sur sept générations, leur progéniture à la merci des hyènes qui prélèveraient leur dîme sur le premier-né de chaque famille.

Aussi le frère de lait de Mawa était leur chance de contrarier le sort.

On évalua à une dizaine de mètres l'instant où le garçon cessa son ascension. Parvenu à la cime, il y attacha le ruban.

Faute de corps, ce morceau de tissu était la seule trace de Mawa. Il disait qu'un jour la terre l'avait portée, qu'elle avait séjourné parmi eux onze années durant. On n'ignorait pas que l'on ne retrouverait rien de son corps. Des buffles que les hyènes dépeçaient, il ne restait que les sabots et les cornes.

Après la tragédie, le prunier se défit de ses fruits d'un coup ; ils n'étaient pas mûrs et il n'en donna plus.

Depuis, on prit l'habitude d'appeler le marula, l'arbre de Mawa. On l'orna de rubans colorés les jours de mariage, de naissance et de cérémonie dont une appelée « fête de Mawa ».

Cette fête avait lieu au milieu de la saison chaude, peu après Noël. Une poupée de chaume était confectionnée pour l'occasion ; habillée, promenée dans le village, elle était acheminée jusqu'à l'arbre. On creusait un trou et on l'y enterrait pour recommencer l'année suivante.

*

La tête toujours levée vers la cime, Elia tenta d'imaginer le ruban quand il trônait en solitaire dans les frondaisons. Mais il y avait bien longtemps que ses fibres avaient été rendues à la terre ocre et rouge ; ainsi que la bandelette votive de Daniel, inconsolable de son jumeau vert. La jeune fille n'était pas certaine que celui qui avait célébré sa naissance y soit encore accroché.

Maman Sambani disait que les rubans d'aujourd'hui n'avaient pas la qualité de ceux d'autrefois. Des rubans *made in China* disait-elle encore, avant de cracher sur le sol.

Alors qu'elle ne s'y attendait plus, l'arbre relié à elle par le souvenir de Mawa se manifesta à nouveau :

– *Enfant, donne-moi un de tes jolis rubans…*

Elia en portait plusieurs dans ses cheveux tressés en courtes nattes.

Mais un ruban doit être associé à un vœu. Et elle se trouvait bien embarrassée pour n'en faire qu'un seul.

Il y avait Maman Sambani qu'elle voulait revoir, accorte et aimable.

Les études qu'elle entreprendrait après l'école primaire.

Et maintenant, sa fille, son enfant, qu'elle souhaitait tenir éloignée du poids des traditions.

Comme on ne pouvait faire qu'un vœu à la fois par souci d'économie, cela afin de ne pas lasser l'attention des Fétiches secourables, ni le crédit qu'ils accordaient à chacun, il lui sembla qu'un choix affecterait les chances de réussite des autres en les faisant passer pour des vœux mineurs. Alors, elle ne décida rien.

L'arbre comprendrait.

Il comprit.

– Elia, je vais te donner un conseil : méfie-toi du chant des hyènes. Surtout, méfie-toi de la hyène-Mère…

5. le chef Kalao

Elia dépassa le *Virage 26*. La piste se déroulait ensuite sur cinq cents mètres en un long tracé rectiligne baigné par l'ombre à claire-voie des acacias. Une dernière courbe la séparait du point d'eau. En se fiant à l'ombre allongée sur le sol, elle estima avoir une demi-heure de retard sur son parcours habituel.

Depuis qu'elle avait laissé l'arbre de Mawa derrière elle, Elia s'efforçait de ne penser à rien. Ni à Maman Sambani, ni à l'Oncle sorti de son silence, ni à l'arbre de Mawa, ni à Mawa elle-même.

Si tous ces éléments formaient une devinette, un rébus, son sens lui demeurait mystérieux.

Pour ne pas se mettre en colère contre les lenteurs de son esprit, elle dévida mentalement, en des phrases simples, une pelote de vérités consubstantielles à son être, et dont chaque fil la reliait à un univers familier. Ainsi tentait-elle de tenir à distance un avenir incertain avec son bâton d'honnêteté filiale aussi longtemps qu'elle se sentirait menacée par des hyènes.

Puisque l'arbre lui avait dit de s'en méfier.

En revanche, il ne l'avait pas mise en garde contre la lionne et l'antilope de son rêve.

– Je m'appelle Elia, Elia Sambani, murmura-t-elle, comme parlant à l'âne, fille de Myriem et de Lazare Sambani.

Parce qu'un patronyme lui donnait une légitimité, même minime, face à l'âne qui, lui, ne portait pas d'autre nom que celui de son espèce.

On lui avait appris que son prénom était le choix de Papa Sambani, le féminin de Élie, le prophète. Elle savait l'écrire, sans la virgule posée sur le troisième barreau de l'échelle du « E ». On l'avait privée de cet appendice.

Car elle était née fille.

La pierre d'achoppement sur laquelle butait son élan de liberté.

Elle avait poussé son premier cri sur un continent où les hommes faisaient les lois. Où se marier, c'était se soumettre à l'époux après s'en être remise au choix du père. Elle ne quitterait la tutelle de Papa Sambani que pour se placer sous l'autorité d'un mari. Que cet époux soit l'aimé, ou qu'il le devînt à la longue, ne changeait rien à la donne. Toujours mineure. Même veuve, même vieille, Elia Sambani dépendrait de l'autorité de l'homme, d'un mari, d'un chef, d'un prêtre ou de l'imam. Et comme toutes celles de son sexe, inféodée aux tâches du foyer. Une servante. Une domestique. Aujourd'hui, la suppléante de Maman Sambani, demain son double, sa réplique, son ombre. Il n'y avait pas de devenir pour elle, mais un avenir défini à l'avance. Fille, épouse et mère.

Oh ! oui alors, il y avait bien là de quoi déverser sa bile sur cette piste qui n'en finissait pas.

Rien ne la distinguait de Lizi, de Violette, de Bako ou de Ravaka, envoyées par les mères puiser l'eau au marigot. Même âge, même sexe, même peau, même langue, même village, même chef, et c'était un bien mauvais chef.

Que ce chef.

Penser à Kalao la distrairait peut-être de son irritabilité.

– *Le singe oublie qu'il a une queue sauf quand il grimpe dans l'arbre.*

Kalao, un mauvais chef, donc.

Les femmes le disaient. Pas les hommes ; ils l'avaient choisi. Les femmes n'en parlaient pas aux hommes puisqu'elles n'étaient pas censées entendre quelque chose à la politique mais elles le faisaient comprendre à leurs filles.

– *Chaque marigot a son crocodile,* professait Maman Sambani.

La cupidité du chef Kalao était légendaire, lui qui tirait profit de son éloignement de la capitale pour exercer le pouvoir avec un mélange de chefferie traditionnelle et de gouvernance locale héritée du colonialisme. Ainsi, il taxait les échoppes qui faisaient du commerce avec les Blancs. Il relevait les troncs dans l'église paroissiale pour n'en reverser que la moitié à l'homme de Dieu sous prétexte qu'il était riche, lui, de sa foi. Il arbitrait les litiges fonciers, les querelles d'héritage en appliquant un droit coutumier réorganisé à son avantage. Il percevait des commissions et divers prélèvements issus d'amendes, d'infractions, de vente de stocks de mil, de sorgho et de bêtes sur pied. Lorsque des terres étaient à vendre, des zones de pêche à redistribuer, ses administrés achetaient sa bienveillance par des présents.

– *Le crocodile a de grandes dents.*

Il pouvait retirer d'une main ce qu'il accordait de l'autre, car sa colère était un incendie de brousse et sa bonne humeur aussi rare qu'une pluie d'été.

Kalao aurait vendu sa vieille mère si elle avait pu lui rapporter quelques kwachas.

D'accord, le chef Kalao était bien un mauvais chef mais il n'avait pas le profil d'une hyène. *À moins qu'il ne fût crocodile par-devant, et hyène par-derrière.* Ce qui n'était pas un proverbe de Maman Sambani, mais une pensée qui venait de la traverser.

Parce qu'Elia ne pouvait oublier que Kalao avait vendu trois filles à l'homme blanc. Pas directement, certes, mais il avait financé leur séjour au camp. En retour, il avait reçu un dessous-de-table pour fermer les yeux sur la transaction et obtenu un pourcentage de la dot.

Lizi ne l'ignorait pas même si elle ne lui avait pas présenté les choses sous cet angle tant était pressant son désir de quitter le village.

Lizi ne voulait plus être pauvre quand Elia était simplement désireuse de s'instruire.

Kalao, lui, aurait bien troqué sa peau de crocodile contre un teint clair pour faire plus d'affaires avec les Blancs.

Le chef Kalao n'était absolument pas un homme bon, d'accord, mais il était rusé et roublard. C'est pourquoi il était chef.

Cela faisait-il de lui une hyène ?

On savait celles-ci pugnaces et agressives. Leurs petits naissaient avec des dents. Il arrivait qu'à la naissance de jumeaux, l'un disparaisse avant terme, parce que, prétendait-on – Lizi le prétendait –, le petit de sexe femelle pouvait manger son frère dans le ventre maternel.

Et voilà qu'Elia repensait à Mawa dévorée par les hyènes, à l'arbre de Mawa qui venait de la mettre en garde.

– Méfie-toi de la hyène-Mère…

Mais qui était-elle ? Et comment la reconnaître ?

Lizi ne lui serait d'aucun secours cette fois. C'était à Elia de le découvrir toute seule.

Elle essaya encore de distraire sa pensée. Par expérience, elle savait que les voies de traverse mènent au savoir pour peu qu'on n'hésite pas à s'y enfoncer.

La bassine en plastique rouge posée sur la tête ne pesait rien. Elia la maintenait d'une main. Lorsqu'elle porterait la moitié de son poids supplémentaire tout à l'heure, elle ne vacillerait pas. Avec l'élégance des femmes porteuses d'eau, tête haute, qui balancent leur corps en avant tout en chaloupant des hanches.

Elia n'avait que douze ans mais ressemblait déjà à une femme.

Est-ce que l'Oncle s'en était rendu compte, et Maman Sambani ?

Le mois dernier, elle avait dû se débrouiller avec son premier sang de femme. Un morceau de tissu glissé dans sa culotte avait endigué le flux. Tissu qu'elle devrait laver chaque soir à l'abri des regards et de ses frères. Pendant qu'elle s'échinait à faire disparaître le sang, accroupie au-dessus de la bassine des ablutions, elle avait glissé un bouchon de feuilles et de boue entre ses cuisses. Comme elle l'avait appris de Maman Sambani, non directement par elle, mais pour l'avoir surprise en train d'en confectionner un après avoir jeté l'autre tout souillé aux cochons dans leur enclos.

C'est ainsi que les femmes procédaient au village où le sang des menstrues est tabou. Un mystère effrayant que les hommes fuient ou nient par le silence.

Et si ses nouvelles pensées, ses humeurs chagrines, colériques lui étaient venues avec ses menstrues, comme l'audace vient au coq en même temps que la couleur de ses plumes ?

Elia devenait femme.

Le chef Kalao s'en était-il rendu compte ?

– *La hyène ne manque pas de flair pour le sang.*

Avait-il l'intention de la vendre, elle aussi, à l'homme blanc ?

6. le point d'eau

Elia entendit les rires des femmes avant de les apercevoir.

Parce que la corvée s'accompagnait de retrouvailles chaleureuses, tous les matins renouvelées. Si le chemin de l'eau pouvait s'avérer ennuyeux à l'aller, pesant au retour, le moment où elles se retrouvaient au marigot ouvrait une parenthèse liquide et solaire. Un temps suspendu, volé aux hommes. Elles parvenaient à oublier un sort peu équitable envers leur sexe. Ici, elles devenaient complices dans l'adversité dont elles avaient à peine conscience et qui les opposait à la puissance des mâles.

Et il leur arrivait parfois de la prolonger, cette corvée d'eau, pour demeurer entre elles. À leurs affaires. C'était d'autant plus excitant qu'aucun homme ne se serait mêlé aux porteuses. Non qu'ils y fussent *persona non grata*, mais ils s'étaient eux-mêmes exclus d'une tâche qui, pour être nécessaire, n'en était pas moins jugée triviale.

– *Qui désire la pluie doit accepter la boue*, disait Maman Sambani.

Des anecdotes, des visites, des conversations déroulées la veille, les femmes faisaient feu de tout bois pour s'extraire du quotidien et se rendre intéressantes avec une propension naturelle à broder.

Mais davantage que la visite surprise d'une parente éloignée, la fièvre du nourrisson, la course-poursuite engagée avec un cochon échappé de son enclos, la pépie des volailles, les félicitations du maître d'école à leur aîné, ce sont les dessous de la nuit qui les fascinaient et pour lesquels elles se mettaient dans des états d'hilarité tels que les vociférations des pygargues ou les stridences des singes hurleurs passaient pour des gammes poussives.

C'était là leur revanche et leur récréation.

Leur nature les commandait d'être soumises. On les disait faibles, peureuses, jalouses, enclines aux commérages.

– *Il vaut mieux avoir un crocodile pour ami qu'une femme.*

Elles manquaient d'instruction, par conséquent d'ambition. Elles étaient les servantes du foyer entretenu par leurs soins maniaques. Enfants, elles avaient servi père et frères ; femmes, elles étaient au service de leur homme et de la marmaille. Et il y avait peu de chance pour que cela change, sauf à voir les girafes parler.

– *Le monde aura beau changer, les chats ne pondront pas !* assénait Maman Sambani.

Mais au point de ravitaillement, les femmes se dédouanaient des lois du genre. Elles oubliaient un temps leur nature docile tandis que leurs hommes et maîtres en prenaient parfois pour leur grade.

Absents, ils étaient le sujet des conversations. Leurs travers nourrissaient l'hilarité hystérique, leurs performances applaudies et enviées.

– En l'absence de coq, les poules dansent et le grain de maïs se fait tout petit…

Les épouses évoquaient leurs hommes sous l'angle impudique de leur sexualité, s'entretenaient des exigences de leurs maris en matière de fantaisies érotiques et commentaient abondamment leurs orgasmes.

Jonas exigeait que sa femme porte le maillot de l'équipe nationale le dimanche soir. Il criait « But ! » avant de jouir.

Untel émettait un vagissement semblable à celui d'un nourrisson.

Pour un autre, c'était le piaulement d'un pygargue, le gloussement d'une poule, le braiment d'un âne.

– Un soir, depuis son enclos, notre ânesse lui a répondu, avait raconté Fani.

Elles avaient ri à pisser dans leurs culottes.

Un autre encore lâchait une salve de grognements de phacochère.

Ou pétait.

Elles décrivaient aussi le membre de leur homme, court, épais, long ou en tire-bouchon. Pas un sexe pareil, mais dont ils se servaient, les uns, sans originalité, comme des coureurs de fond obsédés par le chrono, d'autres comme des dieux.

Elia ne doutait pas de s'unir à l'un de ces derniers. S'il était griot, ou instituteur, ça n'en serait que mieux.

Heureusement, il existait le clan des femmes épanouies pour faire tinter un autre son de cloche aux oreilles des plus jeunes afin qu'elles n'entrent pas à reculons dans le mariage.

Ainsi Zena qui avait épousé un griot dont les chants précédaient chaque étreinte :

– *Les nuits sont lentes auprès de ma douce antilope, et la joie demeure en nos ventres mêlés…* récitait Zena.

– *Vierge d'eau mon corps d'argile te réclame…*

Ou encore :

– *Le sel sur nos peaux scelle un voyage éternel…*

Les jeunes filles applaudissaient. Elia en était bien souvent.

Il y avait aussi ce Daniel, le gardien de chèvres, que plus d'une aurait pris pour amant tant elles étaient admiratives et envieuses de sa fidélité à une morte. Elles n'étaient pas à une contradiction près.

Quand Elia dépassa la barrière des jeunes acacias, les femmes lui apparurent comme des taches de couleurs vives disséminées à la surface de l'eau. Elles portaient des maillots floqués de grandes marques de sport sur des pagnes bariolés. Une vingtaine d'entre elles s'affairaient à remplir leurs bidons dans la retenue d'eau. Sur la berge opposée, cinq crocodiles paressaient au soleil, immobiles comme des grumes. Il était rare qu'un de ces reptiles tente une approche ; habitués à leur présence, ils se contentaient d'exercer la puissance de leurs mâchoires sur un bidon laissé imprudemment à la dérive.

En arc de cercle sur le rivage, la batterie de bidons plantés dans le sable témoignait d'une activité touchant à sa fin.

Les conversations avaient pris leur rythme de croisière. Elia avait raté l'échauffement.

Elle entendit Joyce, la doyenne, dire à une jeune épouse :

– Là où toi tu as de l'amour entre les jambes, l'homme, lui, a son sexe.

Et presque toutes d'éclater de rire.

L'autre continuait, affirmant que lorsqu'il brandirait son brandon en flamme, la femme avait l'eau pour l'éteindre. D'ailleurs, si on pouvait arrêter le feu, on n'arrêtait pas l'eau. L'eau était partout victorieuse. L'eau était le nerf de la guerre.

– L'eau est notre affaire.

Alors, il fallait bien leur abandonner le reste : la politique, la religion, l'économie, sinon les hommes se sentiraient malheureux et inutiles.

Zena secouait la tête. Elle n'était pas d'accord.

Son griot, à elle, l'emportait sur son bâton de feu ; elle en revenait à chaque fois toute chamboulée, d'avoir traversé les galaxies et touché les étoiles.

Elia attacha l'âne à un arbuste. Trois de ses congénères l'accueillirent en retroussant leurs lèvres pour montrer leurs dents. Ce qui était leur manière de se saluer. La jeune fille déposa sa bassine sur la rive. Ravaka et Bako remplissaient leurs bidons, côte à côte. Lizi était en grande discussion avec une veuve qu'Elia connaissait de vue.

La jeune fille garda sa ceinture de bidons à la taille et entra dans l'eau à mi-cuisses. Comme toutes les femmes du village, elle ne savait pas nager. Si elle perdait pied, les bidons serviraient de flotteurs. C'est pourquoi elle les remplissait un par un, avant de les rapporter sur la rive en faisant bien attention de ne pas glisser sur le limon.

Bientôt, elle se retrouva aux côtés de Violette. La jeune fille lui adressa un sourire :

– Je t'ai attendue au *Virage* 3.

C'était là où leurs routes se croisaient tous les matins.

– Il fallait que j'aide l'Oncle…

Elia servit à Violette le mensonge qu'elle avait préparé pour Maman Sambani. Un chevreau qui se présentait mal et qu'elle avait aidé à naître…

Elle s'en voulut de mentir à sa meilleure amie. Mais elle craignait qu'une confidence en amène une autre. L'arbre de Mawa devait rester son secret. Et jamais Violette ne la croirait.

Non, Violette n'aurait pas compris ce qui préoccupait Elia ce matin-là. Même si elle avait commencé par lui raconter l'injonction maternelle reçue comme une volée de tiges vertes sur son dos. Violette aurait estimé qu'Elia exagérait trop l'importance donnée à une affaire domestique.

– Le coassement des grenouilles n'empêche pas l'éléphant de boire.

Violette habitait le quartier pauvre du village, celui que le chef Kalao ne traversait jamais par crainte d'être importuné par les indigents. Il y envoyait les Blancs en quête d'exotisme. Comme la plupart des filles dont l'ambition était de se marier, d'avoir des enfants, Violette était illettrée. Selon elle, il n'y avait pas d'occupations plus saines que tenir son ménage, satisfaire son homme pour le détourner des autres femmes ; et les enfants qui lui tomberaient d'entre les cuisses à chaque retour de couches, et qu'il faudrait langer, toiletter, nourrir et bercer.

Sa mère avait eu huit enfants, quatre garçons et quatre filles. Puis, elle était morte des suites d'une hémorragie en donnant naissance à un dernier bébé.

La seule ambition de Violette consistait désormais à inverser l'ordre des naissances pour que les filles s'occupent de leurs frères. Elle avait déjà choisi leurs prénoms, s'y tenait un temps, en changeait le mois suivant, au rythme des chansons d'amour diffusées par le transistor allumé toute la journée.

Aujourd'hui, justement, elle avait une nouvelle série de prénoms à soumettre à l'approbation d'Elia :

– Qu'est-ce que tu penses de Precious et d'Aina pour mes aînées, de Tiana et Dalia pour les cadettes ?

Elia approuvait tout en se faisant la réflexion que Violette ne saurait jamais les écrire.

– Et pour les garçons ? l'encouragea Elia.

– J'aime toujours Barack et Cyrus. Le tout-petit, je l'appellerai Beloha et mon aîné, Rafick.

Rafick était le nom d'un chanteur à la mode.

Elia la félicita pour son sens de l'organisation mais déplora, en son for intérieur, le manque d'ambition de Violette s'échinant à reproduire le modèle maternel.

Bien évidemment, elle tentait parfois de rallier son amie à ses vues en l'informant de ses projets. Même s'il fallait bien seconder sa mère en allant tous les matins chercher l'eau, elle irait à l'école, étudierait. Après avoir rejoué les leçons de la journée à ses frères qui les comprenaient mieux avec ses explications, s'il lui restait du temps, le soir, et si elle n'était pas trop fatiguée, elle ouvrait son cahier d'exercices.

Curieuse de tout, Elia avait des aptitudes et une bonne mémoire. Elle aimait les mathématiques et la géographie. Aussi voulait-elle devenir avocat ou médecin. Elle n'en démordait pas. Être utile à son pays. Montrer à Violette, Lizi, Bako et Ravaka qu'il y avait d'autres moyens de s'épanouir pour une femme que de s'accomplir dans une opulente maternité en devenant l'esclave de son foyer.

C'était difficile à entendre pour Violette, née pauvre, qui avait dû remplacer sa mère dans le soin du ménage et l'éducation des plus jeunes.

– *L'eau chaude ne doit pas oublier qu'elle a été froide*, lui avait répliqué Violette, un jour où Elia tentait de lui faire entendre son point de vue, avant de la planter au bord du marigot.

Les femmes rassemblaient déjà leurs affaires. Bako et Ravaka vinrent l'embrasser. Lizi lui demanda si tout allait bien. Son retard cachait-il une nouvelle, un évènement ? Un des fils Sambani était-il malade, ou la Maman ? Elia lui sourit. Qu'elle ne s'inquiète pas, rien de nouveau sous le soleil. Elle ne parla pas du chevreau ni de l'arbre de Mawa.

– J'ai dû courir après l'âne ce matin…

Lizi ne vit pas le clin d'œil que Violette adressa à Elia.

Les trois jeunes filles récupérèrent leurs bidons qu'elles chargèrent dans la brouette de Bako.

Violette proposa à Elia de l'attendre pour faire la route ensemble. Mais la jeune fille déclina. Elle ne voulait pas mettre son amie en retard.

– Les petits t'attendent.

Elle repensa à la lionne et à l'antilope de son rêve. Il ne pouvait rien lui arriver de mauvais. Les animaux l'escortaient en pensée.

Et l'esprit de Mawa veillait désormais sur elle.

Et puis, n'avait-elle pas eu déjà son quota de surprises ?

7. Tafadzwa

Élevée sur un terre-plein central, la maison du chef en imposait. Quel que soit le côté par où on entrait au village, c'est elle que l'on apercevait de loin, avant l'église.

Construite en briques rouges avec une double couche de chaume pour la toiture. Deux fenêtres barrées de volets en bambous qu'on ne voyait jamais ouverts. À sa base courait une frise de dessins géométriques riches en couleur où alternaient des figures du bestiaire du lac. Chaque motif, flamant, engoulevent, busard des roseaux et chambo, disposé entre deux triangles renversés. Le chef Kalao la laissait photographier par les Blancs à condition qu'ils s'acquittent de leur obole dans un tronc destiné à cet usage au-dessus duquel il avait écrit « POUR FINANCER L'ENTRETIEN DES PEINTURES » alors qu'on savait que c'était son adjoint qui s'en chargeait sans contrepartie. La moitié des hommes du village aurait pu se tenir entre les quatre murs de la maison du chef, l'autre moitié sur la terrasse. Mais Kalao ne recevait personne chez lui, hormis ce jour, rarissime, où il avait ouvert sa porte à l'homme blanc.

Sitôt la maison du chef Kalao dépassée, la sienne apparut à Elia.

Un modeste habitat en terre que Papa Sambani avait bâti avec l'aide de l'Oncle lorsque Maman Sambani était enceinte d'Elia. Deux pièces séparées par une cloison de bambous : la cuisine et son foyer ; la chambre, et, sur la terre battue, cinq nattes.

Cela faisait maintenant douze ans que la famille y vivait dans un confort sommaire, au rythme des bons et mauvais jours de pêche. Le poisson était cédé aux grossistes qui attendaient le retour des bateaux au volant de leurs triporteurs dont les remorques débordaient de glacières, avant de mettre le cap sur les marchés de Blantyre. Les invendus étaient consommés par les familles de pêcheurs, ou fumés quand les pièces étaient trop nombreuses.

Bien qu'heureuse de retrouver le foyer quitté trois heures plus tôt, Elia n'était pas sans ressentir une certaine appréhension. Dans quelle humeur allait-elle retrouver Maman Sambani ?

Sur le mur ouest, Papa Sambani avait étendu un filet de pêche dont les mailles avaient cédé à divers endroits. Elia avait promis de le ramender. Elle excellait dans la pose de placards d'alèzes parfaitement calibrés et les nœuds d'écoute. À l'angle du même mur, une caisse en bois débordait de flotteurs, de navettes et de bobines de fils, de cordage, laissée à son intention.

Elia eut la surprise de découvrir Maman Sambani postée à l'entrée de la maison. Sans doute pour lui reprocher son retard.

La femme avait dû voir les porteuses du quartier défiler devant sa porte. Et Elia n'en était pas. Elle avait préféré ronger son frein plutôt que de demander à la voisine où était passée sa douroucouli de fille ; une telle demande eût été perçue comme un défaut d'éducation.

Cette fois, Elia allait avoir droit à sa volée de tiges sèches.

– Amayi, amayi, il faut que je te dise, l'Oncle, je l'ai aidé à mettre bas un chevreau qui se présentait par le siège…

L'excuse servie plus tôt à Violette. Mais Maman Sambani fit un geste d'apaisement de la main. Elle affichait un large sourire.

– *Colère de mère ne passe pas la nuit*, avait-elle coutume de dire, quand sa portée lui portait sur les nerfs.

Mais peut-être qu'Elia aurait dû se souvenir d'un autre proverbe tout aussi cher à Maman Sambani.

– *On ne peut sauter en avant et en arrière en même temps.*

Parvenue à sa hauteur, Elia vit que Maman Sambani portait son plus beau pagne avec des motifs de zèbres. Dans un soleil orangé sur fond bleu nuit, les animaux se faisaient face, tête baissée, pour engager le combat ou se saluer. Une tunique en wax du même bleu complétait l'ensemble. Un vêtement qu'elle portait les jours de fête.

– En quel honneur, amayi, ton pagne de cérémonie ?

Sans lui répondre ni se départir de son sourire, Maman Sambani la délesta de la bassine, défit la ceinture et ôta le canari.

L'empressement maternel déconcerta l'enfant. Elia n'avait pas l'habitude d'être aidée au retour du marigot. Plus surprenant, la bassine fut abandonnée dans l'entrée, au soleil, à la merci des poules et des chèvres, et l'âne s'en retourna tout seul à son enclos, encore harnaché.

À peine le temps de s'en étonner qu'Elia fut conduite à l'intérieur.

L'excès de lumière du dehors n'avait pas préparé ses yeux. Elle reçut les ténèbres comme une décharge. Elle chancela. Maman Sambani se plaça derrière elle, condamnant la sortie de toute la largeur de son corps. Elle posa ses mains sur les épaules de sa fille.

Le cœur d'Elia s'emballa comme le jour où elle avait récité devant la classe un poème de sa composition. Elle se souvenait des battements précipités contre sa poitrine. Elle avait pris une grande inspiration, débusqué un peu de salive pour humecter sa langue qui semblait un gros caillou dans sa bouche. Les mots étaient sortis dans l'ordre. Un miracle. Le maître avait toqué plusieurs fois sur le bureau pour dire sa satisfaction. Les enfants l'avaient imité. Le maître l'avait félicitée.

Là, dans le sombre d'une maison dont Maman Sambani n'avait pas ouvert les battants pour garder le frais à l'intérieur, Elia sentait refluer l'angoisse liée à cette première récitation.

Si la vieille n'avait pas parlé depuis le fauteuil en osier où elle se tenait rencognée, ainsi qu'un insecte, Elia ne l'aurait pas remarquée.

– Te voici, mon enfant ! chevrota la vieille.

Son enjouement sonna faux aux oreilles de la jeune fille.

Mais plus que la présence surprenante d'une inconnue dans la maison, Elia reconnut l'odeur perçue plus tôt à proximité de l'arbre de Mawa. Âcre et fauve. Seulement l'aigre avait remplacé la note plus suave du lait. Comme si le liquide avait tourné.

– Qu'est-ce que tu attends pour embrasser la Tante ?

L'ordre maternel fit reprendre à Elia ses esprits.

– La Tante ? s'étonna tout haut Elia, en se retournant vers Maman Sambani.

De quelle azakhali parlait-elle ?

Elia les connaissait toutes. Tante Grace, la sœur aînée de Papa Sambani, Tante Épiphanie, la cadette, Tante Jean, la benjamine qui était religieuse dans une congrégation. Et puis côté maternel, Tante Aina, Tante Natasha, Tante Memory, Tante Cecilia et Tante Lucia.

Il n'y avait qu'une azakhali manquant à l'appel : la femme de Daniel.

Elia revit la figure sculptée sur le bâton du gardien de chèvres, ses traits si fins et réguliers, ce port de tête, ce regard doux et bienveillant.

En essayant d'imaginer Susan avec quelques années de plus, Elia fit un imperceptible non de la tête. Au moins soixante saisons chaudes avaient cuit la carcasse de cette femme, autant de saisons chaudes avaient décharné ce corps, fait fondre ses muscles et les graisses, asséché son ventre et tari ses seins, repoussé ses yeux dans les orbites, étriqué sa bouche, édenté la mâchoire, creusé les joues, racorni enfin tout son squelette.

Et cette odeur !

Un fumet de viande avariée arrosée d'une sueur aigrelette.

Si Susan était vivante, elle serait âgée d'une dizaine d'années de plus que Maman Sambani. Elle serait encore belle. Surtout, elle ne leur ferait pas cette mauvaise surprise de revenir au village sans prévenir Daniel. Elle aurait des cadeaux plein les bras, un sourire parfait, des cheveux lissés. Elle sentirait les épices et la vanille. Elle parlerait un anglais sans accent.

Alors qui était cette femme ?

La vieille décolla ses fesses du fauteuil, péniblement et s'avança vers Elia. Elle était encore plus laide de près. Son foulard noué sur la tête dissimulait mal un crâne cabossé au cheveu maigre.

La vieille lui donna l'accolade. Elia fut plaquée contre un torse osseux, dur comme du bois, comme si elle avait embrassé une planche. Une douleur comparable à un coup de poing traversa sa poitrine. Elle ne chercha pas à réprimer un geste de dégoût. L'odeur surtout la gênait. Comment Maman Sambani faisait-elle pour la supporter ?

– Tu te souviens de la Tante Susan ? lui demanda Maman Sambani.

Évidemment, non ! Elia ne l'avait jamais connue. Mais à l'évocation du prénom, elle ne put refréner un mouvement de recul comme si tout ce qu'elle avait imaginé à propos de l'épouse de Daniel, sa beauté, sa grâce, même sa mélancolie n'avaient été que le fruit de son imagination de petite fille pour nier la laideur de sa disparition.

Sans attendre la réponse de sa fille, Maman Sambani répondit :

– Eh bien, voici sa sœur aînée, la Tante Tafadzwa.

Elia respira. Elle pouvait conserver intacte l'image de Susan. Mais son soulagement fut de courte durée.

Tafadzwa ?

C'était bien la première fois qu'Elia entendait un pareil nom, comme sorti d'un conte, qui résonnait d'une Afrique ancestrale, bien différent des autres prénoms des tantes.

Tafadzwa ?

Le nom d'une sorcière.

Tafadzwa, Tafadzwa. Tafadzwa.

Elle le répétait à l'envi, en son for intérieur, comme hypnotisée par la réitération de l'unique voyelle. Un démon se riait d'elle derrière son dos. Car Elia sentait que quelque chose de sa parenté avec Tafadzwa lui échappait. Comme un jeu de cache-cache. Il lui semblait sur le point de toucher du doigt une vérité. Un fil à tirer pour remonter la piste ; elle était sur la voie : Tafadzwa, Tafadzwa, Tafadzwa. Mais, l'instant d'après, tout se dérobait, se délitait. Les huit lettres se désassemblaient en se désaccordant, entraînant Elia dans une spirale où les voix familières prenaient des inflexions étrangères. Le sens lui résistait. Tafadzwa restait une énigme. Un indice ferait toute la lumière. Elle y était presque mais sa conscience faisait obstruction.

Elle fut tout à coup persuadée que la vérité sur Tafadzwa ferait basculer son existence – à cause de cette journée si particulière – et détruirait les derniers vestiges de son enfance. La confrontation avec la réalité pourrait s'avérer plus affreuse que la rencontre avec une sorcière.

Tafadzwa !

Elle y était. Si la vieille femme était la sœur de Susan, elle était par conséquent la sœur du chef Kalao !

Maman Sambani poursuivait ses explications, ignorant dans quel maelström se débattait son enfant :

– Tu vas tenir compagnie à la Tante quelques jours. C'est entendu avec le chef Kalao.

Au nom du chef, Elia frissonna, se rappelant les trois jeunes filles que l'homme blanc avait emportées dans sa Jeep.

Alors, Tafadzwa !

Tafadzwa était le chaînon manquant.

– Mais… pourquoi, amayi ?, balbutia Elia troublée par cette évidence.

– Tu feras bien tout ce que la Tante te dira, poursuivit Maman Sambani, écartant d'un geste de la main le désarroi de sa fille.

Pourtant Elia n'avait aperçu aucune Jeep garée dans le village.

– Où faut-il aller, amayi ? demanda Elia.

En posant la question, Elia se fit la réflexion qu'elle connaissait déjà la réponse.

C'est la vieille qui parla :

– Je dirige un camp de jeunes filles. Tu t'y plairas. À une époque où la Mère avait ton âge, elle y est venue. Tes Tantes aussi.

Elia brûlait de demander si Susan s'y était rendue. Elle n'osa pas. Comme si la vieille sorcière avait senti poindre la question, elle détourna le sujet :

– Mais parlons de toi, mon enfant. On m'a dit que tu étais une enfant obéissante, sérieuse et propre.

La vieille s'arrêta, comme attendant un signe d'assentiment de la part d'Elia. La jeune fille ne broncha pas. Elle n'était pas dupe de ses compliments.

La vieille reprit :

– Le temps est donc venu pour toi d'apprendre à tenir un foyer.

Elia se vit confirmer ce dont elle se doutait déjà.

– Ton camp, c'est comme une école ? demanda-t-elle se raccrochant à ce dernier mot.

La vieille sourit. Il lui restait quelques chicots. Ce n'était pas un sourire, mais la grimace d'un fétiche maléfique.

Est-ce que cette vieille sorcière avait ensorcelé Maman Sambani ?

– Tu es dans le vrai, mon enfant, répondit-elle sans développer davantage.

– Mais...

Elia voulait protester. Elle voulait avoir son mot à dire.

– Je ne veux pas, moi ! se défendit Elia se retournant vers Maman Sambani. Qui ira chercher l'eau au marigot ? Et puis Nelson et Moses ont besoin de moi. Le maître dit que je suis douée. Et je dois réparer les filets…

Tous les prétextes sortaient en vrac. Elia avait bien conscience qu'il ne s'agissait pas d'un argumentaire capable d'infléchir Maman Sambani mais elle tentait le tout pour le tout.

La Tante Tafadzwa regarda Maman Sambani.

– À toi de convaincre ta fille, siffla-t-elle.

La vieille devait garder son énergie pour la bonne marche du camp. Sa réputation de meilleure faiseuse d'épouses de la région en dépendait.

Maman Sambani prit une profonde inspiration avant de lui tenir ce discours.

L'école du maître n'était pas une nécessité. Violette elle-même, sa meilleure amie, n'y allait pas, et puis, elle ne manquerait que deux semaines ; Maman Sambani se chargerait de la corvée d'eau, ce qui serait l'occasion de revoir les femmes des villages avec lesquelles elle n'avait pas causé depuis des lunes ; quant à Nelson et Moses, ses frères, eh bien, il n'était pas inutile qu'ils apprennent à se débrouiller par eux-mêmes ; Elia ne serait pas toujours derrière leur dos pour expliquer les leçons, et que même, c'était peut-être à cause d'Elia qu'ils étaient devenus si lents et fainéants ! Et puis, Papa Sambani aussi se débrouillerait. Les études et la pêche n'étaient pas l'affaire des femmes.

Les propos de Maman Sambani laissèrent Elia sans voix. La jeune fille en avait ressenti toute l'acrimonie. Chaque reproche était du venin. Des paroles pires que tout ce qu'elle avait pu entendre jusqu'ici.

Voyant dans quel degré d'anéantissement se trouvait la gamine, et pour ne pas lui laisser le temps de s'en remettre, la vieille reprit la parole :

– Tu en sauras davantage pour ton avenir avec moi. Mais, si tu t'entêtes, un grand malheur frappera ta famille.

Elia roulait des yeux ébahis. Elle n'en croyait pas ses oreilles ! Elle, responsable du malheur des êtres qu'elle aimait alors que le malheur, justement, c'était d'être chassée du foyer !

Comme si elle avait lu dans ses pensées, Maman Sambani ajouta :

– Tu ne remettras pas les pieds dans notre foyer tant que tu ne seras pas allée dans le camp.

Cela dit, Maman Sambani lui tendit une petite valise préparée en son absence. La valise en bois lui appartenait. Elia la reconnut pour avoir vu Maman Sambani partir avec à Blantyre pour faire consulter Moses un jour qu'il se plaignait de douleurs au ventre.

Soudain, elle sentit un crochet agripper son épaule. C'était la vieille qui s'accrochait à elle d'une main, tandis que de l'autre, elle s'aidait d'une canne. Elle la poussait vers la sortie.

Elia ne résista pas, sidérée par les paroles de Maman Sambani.

Elle aurait bien voulu pleurer mais les larmes ne venaient pas. Son corps était aussi mou qu'une banane cuite à la vapeur. Elle eut l'impression de se liquéfier et sentit, au même moment, un liquide chaud couler entre ses cuisses.

La vieille le remarqua :

Vingt et un jours après le premier sang.

– Te voilà devenue une femme. Je te félicite, Elia ! Le temps est donc venu pour toi que nous te préparions.

Et, coulant un rapide regard vers la porte pour s'assurer que personne ne les écoutait, elle précisa :

– Tu auras l'honneur d'être bientôt initiée au *Kusasa fumbi.*

Elia avait bien entendu parler d'un rite de préparation aux choses du sexe par Lizi, toujours, et par sa sœur Patience qui l'avait vécu, laquelle n'avait pu en dire davantage, car c'était un secret. Un secret de femmes. Et même, entre femmes, on devait l'évoquer le moins possible, et jamais en présence des hommes, sous peine de voir un membre de sa famille mourir de manière tragique.

Alors, Elia comprit que son exil était lié au flux du sang revenu avec la Lune. Dans la communauté, le temps des menstrues était vécu comme impur ; le *Kusasa fumbi* la purgerait de cette impureté. Il fallait s'y résoudre.

Elle n'en mourrait pas.

Elia ne put dire au revoir à ses frères. Ils se trouvaient à l'école. Elle ne put embrasser Maman Sambani. Celle-ci s'y opposa en détournant la tête, son avant-bras plaqué contre sa bouche.

Elia pensa que c'était à cause du sang entre ses cuisses.

Dans un état d'hébétude totale, elle se laissa conduire par la vieille.

L'enfant était morte en elle, d'un coup. Il lui fallait encore accomplir cette métamorphose dont il avait été question durant cet échange surréaliste. Elle n'avait pas le choix. Le sang avait parlé ; il avait déjà perlé une fois entre ses cuisses. Il ne fallait plus attendre. Sinon, elle deviendrait stérile.

C'est Lizi qui le lui avait dit, le seul renseignement qu'elle avait pu arracher à Patience :

– Le *Kusasa fumbi* prépare les filles à devenir mères.

Un argument avancé par Patience pour vanter le grand rite de passage à sa sœur quand viendrait l'heure.

Au camp, Elia apprendrait à devenir une femme, comme les trois filles du quartier pauvre parties à la capitale pour se marier, comme Lizi qui le désirait ardemment, Patience qui avait déjà été initiée et Violette qui envisageait si sereinement ses futures maternités.

8. le bateau

Pour atteindre le camp, il fallait faire appel aux services d'un passeur.

La vieille lui fit presser l'allure.

En débouchant au bout de la piste, Elia vit le bateau arrimé au ponton. Un traîne-promenade rutilant de peinture fraîche. Un passager était à bord. Le capitaine déjeunait sur le pouce près d'un camion.

Il ne salua pas Elia. Les affaires de la vieille n'étaient pas un secret. Il lui tendit son bras pour l'aider à embarquer. De la même manière, il aida la vieille. Toutes deux prirent place sur la banquette de bois en face du passager. L'homme paraissait dormir, le visage dissimulé sous son chapeau de paille.

Pendant les manœuvres pour sortir de l'anse, la vieille et le passeur tinrent une espèce de conversation.

Les affaires de l'homme étaient au beau fixe. Il graissait la patte des chefs locaux et bénéficiait, en retour, d'un droit de mouillage pour exercer son petit commerce. Conduire les

Blancs camper sur l'île de Mumbo. À raison de deux rotations par semaine, il pouvait s'enorgueillir d'un confortable pécule. La saison des pluies, il la passait à l'abri dans son bateau mis en cale sèche.

En face, la vieille manifestait son scepticisme.

L'île de Mumbo était un gros caillou, ou, plutôt, deux concrétions rocheuses reliées par une passerelle en bois. Un territoire d'un petit kilomètre de diamètre, quasi désertique, envahi par les loutres.

Alors, qu'est-ce qui plaisait tant aux Blancs ?

– Les étoiles, répondit l'homme, ils viennent pour les étoiles…

Machinalement la vieille avait levé les yeux au ciel comme cherchant à découvrir quelles sortes d'étoiles pouvaient attirer les étrangers dans ce coin perdu du monde.

– Y en a pas, peut-être, des étoiles dans leurs pays ? maugréa-t-elle en se massant la nuque après avoir tenu la position quelques secondes.

Les étoiles, le ciel et les nuages étaient bien le cadet de ses soucis.

L'autre lui répondit que leur ciel offrait les conditions idéales pour un spectacle grandiose. C'était, disait-on, le meilleur endroit, après le désert du Sahara, pour observer les constellations à l'œil nu.

– Un spot pour une plongée dans les abysses stellaires !

L'enthousiasme des Blancs était contagieux. Le passeur ne faisait que répéter leurs paroles.

La Voie lactée y était plus brillante que dans l'hémisphère Nord, pareil pour le Grand Nuage de Magellan et la Croix du Sud qu'on ne pouvait observer que de ce côté-ci.

Il en connaissait désormais un rayon sur les étoiles.

Le silence de l'île loin des côtes, au milieu des flots turquoise, ajoutait à l'impression de vivre une expérience hors du monde. On y était préservé de la multitude, la voûte céleste inchangée depuis la nuit des temps, et les étoiles aussi vieilles que le monde était monde. L'observation s'effectuait dans un état proche de l'apnée. Chacun pouvait se faire ainsi une idée de l'infini en se laissant happer, comme siphonner, par le néant vertigineux.

Elia apprit ainsi que la lumière des étoiles mettait des années-lumière à leur parvenir parce qu'il lui fallait parcourir des milliards de kilomètres, et que, durant ce laps de temps, elles pouvaient, les étoiles, être déjà mortes, comme essoufflées, flammes mouchées en bout de mèche.

Parce que ce qu'on voyait présentement appartenait déjà au passé.

Bavards à l'aller, les astronomes amateurs en revenaient mutiques. Comme contaminés par le silence stellaire, les oreilles vrombissant d'ondes intergalactiques, le cœur régénéré, n'aspirant qu'à vivre désormais à l'unisson avec la Nature. Ils avaient touché Dieu du doigt, disaient-ils, ou c'était tout comme. Résolu au passage quelques équations de physique quantique sur le tableau noir de l'univers.

La vieille haussa les épaules.

Alors, le passeur se hâta de conclure de peur que la contrariété de la vieille n'affecte le plaisir qu'il tirait du commerce en bonne intelligence avec les Blancs.

Ils payaient pour voir les étoiles, c'était leur affaire ; lui, il n'y voyait pas malice. Il s'enrichissait de l'or des étoiles par un genre de procédé alchimique qui transformait leur lumière lointaine en un métal argenté capable de tenir dans ses poches.

L'homme demandait mille kwachas par passager pour la traversée. Ça payait l'entretien du moteur, le fioul, l'étoupe, le goudron, la peinture.

Elia n'avait pas vu combien la vieille avait déboursé pour elles. Peut-être que la bonne femme n'avait rien payé. Elle avait ses entrées ou une manière bien à elle de monnayer son droit de passage.

Les paroles se tarirent quand l'embarcation prit sa vitesse de croisière. Le moteur toussait et les clapots battant l'étrave rendaient l'échange impossible.

Le soleil, à son zénith, pointait son dard contre la nuque de la jeune fille, ajoutant à son malaise. Sa piqûre irradiait entre ses omoplates, cuisant ses reins pour la marquer au fer rouge.

Alors, elle reconsidéra la raison de sa présence sur le bateau. Son exil. Tafadzwa, cette quasi-inconnue à ses côtés. Elle se vit semblable à une chevrette sous la férule d'une maquerelle, destinée à venir grossir son cheptel. Bétail qu'on emmène à l'enclos pour y être débourré avant de le remettre sur le marché des filles bonnes à marier.

Elle eut un imperceptible petit mouvement d'épaule pour éloigner le licol né de son imagination de captive. Et si elle avait su nager, elle aurait versé par-dessus bord pour échapper au soleil et à la vieille.

L'odeur de fioul la rendait nauséeuse. Un rideau de sueur voilait ses yeux. Elle eut du mal à déglutir sa salive, épaisse comme de la gomme.

Bientôt, elle devint le jouet d'une hallucination. Sous le voile de ses paupières, né de l'écume bouillonnante des flots, un monstre, sorte d'hydre tentaculaire, avait jailli hors de l'eau, tel un geyser. La bête se propulsait dans le sillage du bateau. Ses ventouses s'accrochant bientôt à la coque, les tentacules frôlaient la jeune fille dans un mouvement gracieux et hypnotique. La tête du monstre pivota en un tour complet et Elia vit apparaître, à tour de rôle, quatre visages. Le premier appartenait à Maman Sambani, l'autre au chef Kalao. Les deux derniers étaient les têtes d'une hyène et d'une chèvre.

La tête maternelle fut la première à s'adresser à elle :

– *Tu es mon enfant, tu me dois obéissance et respect !*

Elia devait se montrer sa digne héritière en perpétuant les us et les coutumes qui faisaient les filles semblables à leurs mères.

Le chef Kalao loucha sur ses cuisses. Il lui commanda de les ouvrir pour y vérifier l'hymen en place, rugissant et tonnant contre la membrane qui allait attirer le mauvais œil sur le village. Une pucelle ne pouvait trouver de mari. Il lui fallait perdre au plus vite sa virginité pour être vaccinée contre la stérilité.

– *Quitte ce village, enfant, reviens-nous femme !*

Quant à la hyène, elle réclamait des droits sur son ventre.

– *Une progéniture nombreuse t'incombe. Sache te rendre féconde.*

La dernière, à tête de chèvre, lui parla de ses seins.

– *Tes mamelles ne t'appartiennent pas. Elles sont la propriété du mâle sans lequel tu ne pourras les remplir et de tes petits qui les videront.*

Elia ne pouvait pas en disposer à sa guise. C'étaient les seins de la communauté. Des mamelles faites pour se remplir, se désemplir, se tarir, se remplir à nouveau au rythme des saisons avant de devenir cette paire d'outres flasques de chair distendue que l'on voit pendre au torse des vieilles femmes.

Des portes mutilées de son corps s'échappaient des rivières de lait, de lymphe et de sang. Les coulées se rejoignaient dans un horizon lointain au pied d'une montagne où trônait le chef Kalao assis sur le dos de la vieille. Les quatre têtes roulaient ensemble des yeux rouges, exorbités sur fond de prunelles ocre, leurs faces étaient noircies pareilles à des momies ; déroulées d'entre les mâchoires, les langues venaient laper les rigoles d'humeurs déversées entre ses pieds.

Bien évidemment Elia avait conscience qu'il s'agissait là d'une créature malfaisante née du délire causé par les prémices d'une insolation, mais les imprécations avaient des accents si vraisemblables qu'elles continuaient de résonner en elle, poursuivant leur travail de sape.

Pour calmer le feu infusé dans son corps, Elia se fia à la lueur qui lui tenait lieu de conscience.

– *Tout problème a sa solution*, disait Maman Sambani.

C'était étrange de penser encore à ces proverbes comme des adjuvants nécessaires à sa quête d'indépendance, plus impérieuse maintenant qu'elle allait s'en voir privée alors que Maman Sambani l'avait livrée à Tafadzwa.

Le problème restait le camp et l'île. Deux prisons valent mieux qu'une. Une fois dans la place, Elia dresserait l'inventaire des forces, des failles : les gardiens, les chiens, les filles ; elle surveillerait les entrées, les sorties, et, au moindre relâchement de la part de ses sbires, à l'heure où la nuque se fait douloureuse, les paupières papillonnent, les yeux tirent, elle prendrait la poudre d'escampette.

Ce n'était pas une vieille à moitié impotente qui l'arrêterait !

Peut-être la croyait-on timorée et bonne fille. Il fallait continuer de donner le change. Être la nièce obéissante et affectueuse qu'on voulait qu'elle soit. Pas une bête rétive, une chèvre qui gâte le lait en renversant le récipient de la traite d'un mouvement de patte, d'humeur, dans la poussière.

Pourtant, au fur et à mesure que le bateau mettait de la distance entre le monde qu'elle connaissait et l'inconnu à venir, plus il lui semblait s'éloigner de la jeune fille qu'elle avait été. Elle avait laissé une gamine sotte et naïve sur le rivage. Elle n'allait pas regretter cette Elia, non.

La trahison de Maman Sambani, ses mensonges – la vieille n'était qu'une azakhali à la mode africaine – l'affranchissaient de l'image de la porteuse d'eau obéissante.

Elle n'était pas encore familière des lieux qu'elle s'imagina fuir à la nuit tombante, elle prendrait garde d'effacer ses empreintes à l'aide de fougères attachées à ses chevilles ; elle dénicherait une pirogue dans les roseaux et ferait la traversée dans l'autre sens pour remonter vers le nord, là où le lac prend sa source. Au nord, où l'on trouve les villes, Lilongwe la capitale, la civilisation.

Elle ne reviendrait pas vers les siens. Elle ferait leur malheur. Eh bien, ils n'entendraient plus jamais parler d'elle ! Inutile de les regretter. Les regrets sont comme des cailloux têtus glissés entre la semelle et la plante des pieds, ils vous empêchent d'aller de l'avant. Cet exil, elle devait le vivre comme une nouvelle impulsion. Une injonction à vivre la vie qu'elle désirait. Elia était quasiment assurée de trouver à s'employer en ville. Elle était propre, vive et habile de ses mains. Elle savait radouber, ramender les filets de pêche, coudre, cuisiner. Surtout, elle savait lire ; elle avait appris dans les livres de ses frères. Elle pourrait aider à l'instruction d'enfants d'une famille riche.

Pour le moment, il lui fallait faire profil bas en donnant l'impression qu'elle acceptait de se soumettre à l'autorité de la Tante. Quand la duègne croirait l'enfant docile, elle lui filerait entre ses vilaines pattes variqueuses.

À la pensée que son exil avait une issue, et un avenir, Elia releva la tête, rassérénée tout en se gardant de rien en laisser paraître.

Depuis que l'hydre avait disparu dans la touffeur du ciel inversé, elle respirait mieux.

Son regard se posa alors sur l'unique passager.

Ce passager, que dans sa fureur de bête captive, elle avait ignoré, dans une réaction instinctive de méfiance envers l'étranger.

L'homme entre deux âges leur faisait face, côté tribord, la moitié de son visage masqué dans l'ombre de son chapeau de paille. Il mâchouillait une racine de gouro. Elle ne l'aurait pas juré, mais il lui avait semblé que voyager avec les deux femmes le mettait mal à l'aise. Sinon, pourquoi s'obstiner à dissimuler sa figure ?

En mettant le pied à bord, Elia avait senti le duvet de ses bras se dresser. La brise lacustre n'y était pour rien. Un mauvais pressentiment qui s'ajoutait aux autres contrariétés.

La vieille non plus n'avait pas paru enchantée par la compagnie. Son babil ne s'adressait qu'au passeur, et quand elle se tut, ce fut pour grincer des dents et regarder ailleurs.

Elia prit le parti d'afficher une attitude hostile et têtue. Comme pour se venger sur cet inconnu de l'injustice qu'on lui faisait.

Elle remarqua que le maillot de corps de l'homme avait des accrocs au-dessus de la poitrine. Trois petits trous qui, si on les reliait, dessinaient un triangle à la pointe inversée. Les jambes tendues loin devant lui, pieds nus dans ses sandales. Le gros orteil du pied gauche en dépassait.

La jeune fille fixa avec curiosité l'ongle jaune, épais. Un genre de corne. Il avait commencé à s'incurver, comme à s'enrouler autour de la chair ronde de l'orteil. Peut-être était-ce une malformation, un accident. Une morsure de chien qui en avait empêché la croissance normale.

Elle se fit violence pour détacher son regard de l'orteil mais elle continua de projeter sur l'inconnu tout le ressentiment dont elle se sentait capable.

Instinctivement, elle serra ses cuisses sous son pagne.

Un choc la sortit de ses pensées.

Le bateau accostait. Le passeur jeta une corde sur le ponton, avant de sauter sur le quai.

La traversée n'avait pas duré une heure. La côte se dissolvait dans le ruban verdâtre des lointaines frondaisons.

Elia se redressa montrant qu'elle était bonne fille, sauta sur le ponton et, quoi que cela lui coûtât, elle tendit la main à la vieille pour l'aider à retrouver la terre ferme.

Tandis que la bonne femme s'agrippait à elle, Elia jeta un bref regard au passager.

L'homme n'avait pas quitté sa place. Il avait décroisé les jambes et fumait maintenant un cigarillo, le dos calé contre le bastingage. Ses bras enserraient les cordages. Son chapeau lui tombait toujours sur les yeux. Quoique cette obstination à dissimuler ses traits lui parût louche, comme son silence durant la traversée, Elia fut soulagée de voir que l'homme ne faisait pas escale dans l'île.

Elle ne vit pas Tafadzwa fusiller le voyageur du regard.

LADARIUS

1. le Fils-hyène

À son réveil, sa mère et sa sœur n'étaient plus là.

Il avait faim et le froid de l'aube lui caressait les reins. La couche d'herbes sèches où dormait sa jumelle contre laquelle il se pelotonnait était déserte.

Il renifla la place, elle était tiède et pleine de son odeur à elle.

Le Fils-hyène avait l'habitude des absences de la hyène-Mère partie chasser la nuit. Elle rentrait à l'aube avec le cadavre d'un rongeur ou celui d'un gros lézard que sa jumelle emportait sous son nez. Plus vive que lui, elle était aussi plus hargneuse. Il essayait bien de le lui disputer mais elle le mordait fort et il abandonnait la partie pour lécher ses blessures dans son coin. En général, elle ne lui cédait rien, ou alors juste la queue, comme une dernière provocation. Il y avait alors les mamelles de la hyène-Mère sur lesquelles il se jetait, mais là encore, sa sœur ne lui laissait pas le loisir d'en jouir longtemps. Elle le chassait, toujours en le mordant, pour s'approprier les tétines roses, les plus rebondies à portée de la langue maternelle. La hyène-Mère s'employait alors à toiletter sa progéniture, débarrassant la hyène-Fille de la vermine tandis que son frère devait se contenter des tétines près de l'arrière-train. Le lait y était moins abondant.

Ainsi était-il privé également des coups de langue de la hyène-Mère qui aurait cicatrisé les morsures infligées par sa jumelle. Si bien que parvenus tous deux à l'âge d'un mois, vingt et un jours exactement, la hyène-Fille était plus grande, plus forte et en meilleure santé que le Fils-hyène. Un poil lustré, un pelage fourni, souple qui promettait une belle robe tachetée de fauve appelé à succéder à la hyène-Mère au sein du clan.

Sa sœur ne faisait aucun cas de lui, et il la détestait de son côté, mais ce matin-là, elle lui manqua.

Le petit sortit d'abord son museau de la tanière, précautionneusement, s'attendant à subir une attaque de sa jumelle.

Combien de fois lui avait-elle sauté dessus, toutes griffes dehors, pour lui mordre les oreilles ? De ses jeux violents, il conservait une récente balafre sur le museau et son oreille gauche était déchirée sur une longueur de deux centimètres. La blessure avait abondamment saigné. Le sang avait excité derechef sa sœur. Elle était revenue à la charge, prête à lui arracher l'oreille. Mais cette fois-là, la hyène-Mère était intervenue. Elle avait écarté d'un coup de patte la petite ; l'animal avait craché de surprise et de dépit. La hyène-Mère avait plaqué le mâle contre son poitrail, le maintenant entre ses deux pattes avant, à distance de la petite furie, elle s'était mise à lui lécher la plaie. L'oreille avait cicatrisé, ne restait qu'une coupure marquée par deux bourrelets de chair rose sur les bords, dissimulée par les poils.

Donc, il se méfiait.

Mais personne, ce matin-là, ne lui sauta dessus.

Sans doute eut-il préféré une attaque de sa sœur plutôt que le silence qui l'accueillit au-dehors.

Le jour laiteux commençait à émerger d'entre les nuages encalminés. Les têtes des acacias semblaient les dents d'une scie en train de découper les derniers lambeaux du noir céleste.

Le Fils-hyène tint la position un moment, ses sens aux aguets, la voilure de ses vibrisses déployée. Tout demeurait silencieux. D'un silence quasi assourdissant qui amplifia son inquiétude. Peut-être les trouverait-il en train de jouer plus loin. Il prit sur lui pour hisser l'entièreté de son corps hors de la tanière.

Il ne les voyait toujours pas. Pourtant, leur odeur flottait dans l'air, l'une très forte, fauve et âcre, l'autre plus douce et laiteuse. Cette dernière lui arracha des contractions à l'estomac. Il leva la tête cherchant à en capter la provenance et la direction. Son flair s'aiguisait, les effluves étaient intenses et remontaient par l'ouest. La direction que la hyène-Mère et la hyène-Fille avaient probablement prise. Mais il hésitait encore à s'aventurer pour prospecter plus loin. D'un naturel timoré, il craignait de se perdre. Jamais encore il ne s'était éloigné de plus de quelques mètres de l'endroit qui l'avait vu naître, et toujours en compagnie de sa jumelle, sous la houlette de la hyène-Mère.

Il n'y a pas si longtemps, ses premiers pas avaient été maladroits. Il avait eu beaucoup de mal à garder son équilibre et flanchait sur le côté, telle une peluche de contrefaçon, ou bien il s'affalait sur son arrière-train tandis que sa sœur sautait déjà au poitrail de leur mère pour lui faire des joies.

Le Fils-hyène n'avait pas conservé de souvenirs de sa vie intra-utérine, bien sûr, mais il avait quand même l'impression d'avoir manqué ne pas naître, ou, du moins, manqué mourir plusieurs fois avant même de naître. Il avait été expulsé après sa jumelle et déjà, à ce stade de leur prime existence, elle avait monopolisé tous les soins maternels. Il avait encore failli mourir englué dans les glaires et le mucus, refroidi, affamé. Un couinement exaspéré dans lequel il avait mis ses dernières forces, l'avait sauvé, réveillant in extremis l'instinct maternel.

Il n'avait donc qu'à renouveler son appel.

Le Fils-hyène couina dans l'espoir d'attirer l'attention de la hyène-Mère là où elle se trouvait. Il n'osa se déclarer davantage à cause d'une ombre sur le sol qui venait d'apparaître. Elle se balançait en décrivant des mouvements lents et circulaires, et celle-ci semblait grossir. Instinctivement, il sentit le danger. La menace venait du ciel. Il leva la tête et aperçut dans les airs un grand oiseau. Un aigle planait au-dessus de lui. Le petit recula vers sa tanière et se tapit derrière le rideau de carex qui protégeait l'entrée des regards. Il entendit l'oiseau pousser un cri perçant. L'ombre sur le sol disparut.

Il couina une nouvelle fois, en vain. Il tremblait de tout son corps. De faim, de froid et de rage.

La rage l'emporta. Il s'aguerrit et sortit d'un trait de sa cachette.

Après avoir constaté que le grand oiseau n'était plus là, il se mit à musser autour du territoire en quête d'une empreinte olfactive ; puis il élargit son périmètre d'action. Il repéra la trace laissée par l'odeur fauve de la hyène-Mère et, après avoir jeté un dernier regard en arrière vers la tanière, il se mit en route, le museau tantôt vissé contre le sol pour ne pas perdre la trace, tantôt au vent, babines retroussées, vibrisses dirigées vers l'avant quand la trace se faisait plus ténue, ou sur le point de disparaître.

Il n'arrivait pas à distinguer l'odeur de sa jumelle dans l'effluve âcre et quasi pestilentiel des phéromones maternelles ; présente mais évanescente. À croire que la hyène-Fille ne trottinait pas au côté de la hyène-Mère mais était grimpée sur son dos, les griffes solidement plantées dans la robe maternelle pour ne pas verser au sol.

Un moment, l'odeur fut si forte qu'il crut être sur le point de les rejoindre. Alors il jappa.

Ce en quoi il eut tort.

Le Fils-hyène venait de déboucher sur une piste ocre et rouge quand le brouhaha des singes hurleurs et des barbicans éclata.

Il se détendit, fier de déclencher un tel barouf. Pour une fois qu'il en imposait…

Ce en quoi il avait encore tort.

Le danger ne vint pas des airs, et les secours pas davantage. Il s'annonça dans l'élan fauve d'une lionne.

Le Fils de la hyène-Mère se retrouva soudain prisonnier entre deux pattes aux larges coussinets bruns. Ce n'étaient pas là les pattes d'un individu de son espèce. Pas le temps de lever le museau pour voir la gueule de la mort. Une haleine inconnue chatouilla son museau. Ses vertèbres craquèrent à la suite d'une torsion brutale du cou et le noir s'infiltra, liquide, sous ses paupières.

2. l'hôpital

Je me suis rendu à l'hôpital.

Sans un mot, Yvonne m'avait tendu le courrier qu'on lui avait remis pour moi au dispensaire. L'enveloppe était décachetée.

On me fixait un rendez-vous en fin de semaine.

Il m'a fallu une journée pour me rendre à Lilongwe. Et la permission de la vieille.

Au début, elle n'était pas chaude. Elle s'imaginait peut-être qu'on allait me la couper et alors, ce serait tout son petit commerce qui connaîtrait la banqueroute. Mais Yvonne a trouvé les mots pour la convaincre. Elle a dit qu'à l'hôpital, les médecins me donneraient des médicaments. Après, je serais comme neuf.

J'ai pris le bateau pour rallier la baie des singes.

Le pont était encombré d'Anglais. En les écoutant, j'ai compris qu'ils revenaient de Mumbo. Deux cailloux jetés dans le lac, un endroit infesté par les loutres. Drôle d'idée.

J'ai voyagé debout près de la cabine. La radio crachotait une bouillie sonore ; j'en comprenais un mot sur cinq. Pour ne pas penser à ce qui m'attendait à l'hôpital, j'ai dressé l'inventaire de la cabine, un peu machinalement, comme on compte ses pas pour mettre un bâillon à de vilaines pensées : la boussole, le coffre cadenassé sous le tableau de bord, une nasse, des bouts, des flotteurs, une paire de jerrycans rouges, une glacière. Attachés aux arceaux de la cabine, des grigris brinquebalaient au-dessus du pilote. Des grigris de plumes et de coquillages emperlés, et la tête réduite d'un vervet. Le cadeau d'un braconnier que le passeur avait aidé à échapper aux Rangers.

Il m'avait raconté ça, un jour que nous étions seuls. La femme du braconnier les vendait aux Blancs sur le marché de Blantyre.

J'ai observé le capitaine manœuvrer. Presque rien à faire en somme, qu'à tenir la barre pour garder le cap. Le lac, ce n'est pas l'océan. Pas de courants contraires, de rochers sournois, de trafic maritime, de pirates ni de baleines pour vous faire chavirer. Les crocodiles, eux, ils restent sur le rivage.

Détendu et content de son sort, l'homme fumait un cigarillo ; il en avait coincé un second derrière l'oreille. Pour le retour.

Je peux dire qu'à ce moment-là, je l'ai envié.

Avec un peu d'ambition, j'aurais pu être à sa place, mener ma barque sans avoir de comptes à rendre à personne. Ni à Yvonne ni à la vieille. Et je n'aurais pas eu à répondre à la convocation de l'hôpital.

Mais il faut croire que les Fétiches en avaient décidé autrement.

Mektoub, c'est écrit, comme disent les Anciens.

Un taxi-brousse attendait à l'embarcadère. Les Blancs ont poursuivi leur chemin à pied.

Le Combi était bondé. Je me suis assis à côté d'une vieille femme. Une cage à poules était posée sur ses genoux. Sa propriétaire avait refusé de la charger sur la galerie. Elle avait peur qu'on la lui vole à un arrêt, ou qu'elle s'envole, la cage, avec son volatile dedans.

La poule m'a fixé de son œil rond et jaune et m'a causé tout le long du trajet. Sa petite musique de poule, ça m'a endormi à la longue.

Et puis, il y a eu notre première crevaison avant la réserve. Le Combi a roulé sur la jante. Ce sont les cahots qui m'ont réveillé. Le chauffeur avait éclaté un pneu. Il est allé décrocher la roue de secours à l'avant. On a encore crevé deux fois avant d'arriver à Lilongwe, à cause d'une semelle de ferraille jetée en travers de la piste, et une autre fois sans raison. Le chauffeur possédait un kit de réparation anticrevaison et une réserve de mèches. Il a dit qu'il fallait que ça tienne jusqu'à Lilongwe. On a dû rouler moins vite.

On a perdu deux heures sur l'horaire. Mais on pouvait s'estimer heureux. Un ennui mécanique nous aurait coûté la journée à attendre la dépanneuse.

À chaque fois, les hommes descendaient ; certains pour aider, d'autres pour fumer. Ils commentaient l'état de la piste. Je me joignais à eux pour ne pas rester avec les femmes. J'évitais de me mêler aux conversations. La politique du pays me laissait indifférent. L'état sanitaire, le taux d'alphabétisation, le prix des marchandises, les investissements des Chinois, le gouvernement, les taxes, tout ça ne m'intéressait pas.

Qu'est-ce que j'aurais pu y changer, moi, d'abord ? Des pauvres types dans mon genre, ça ne retrousse pas leurs manches pour prendre les problèmes des autres à bras-le-corps. On n'a pas les épaules pour ça. On n'a pas les mots non plus. Et puis, au camp, j'étais nourri, logé et Yvonne s'occupait de mon linge. La vieille me donnait ma part après avoir prélevé ce qui lui revenait pour le fonctionnement du camp. Il m'en restait assez pour me payer des bières, des caleçons de toile et des chemises, et puis la navette quand je poussais jusqu'à la ville voir des femmes.

Les hommes savaient qui j'étais. Ma présence les dérangeait. J'en avais l'habitude. Le chauffeur était un cousin. On portait le même nom. Lui aussi, il a fait semblant de ne pas me reconnaître.

Il nous a débarqués à la périphérie de la ville, devant les premiers taudis. Des gamins ont surgi de nulle part. Ils ont grimpé sur la galerie et ont commencé à jeter les sacs, les valises, pêle-mêle. En bas, les hommes les réceptionnaient, les femmes triaient pour récupérer leurs biens. Quand les gosses sont redescendus, les hommes leur ont donné des pièces. Les gamins se sont éparpillés comme une volée de poussins. Le cousin a remis les gaz et filé vers le stade où l'attendait l'équipe de foot qu'il devait convoyer à Chiradzulu. Il portait le maillot de l'équipe nationale. Je ne sais pas si c'était par conviction ou pour que les joueurs ne vandalisent pas son taxi.

Notre groupe s'est mis en route. Une dizaine d'adultes, les bébés accrochés au sein de leur mère et les enfants attachés dans leur dos. J'ai aidé une femme âgée à porter sa valise. Elle a partagé avec moi un cornet de pilons de poulet frits.

Je regardais le ciel quand je ne regardais pas mes sandales. Je le trouvais moins bleu. Au début, je n'ai pas su dire pourquoi. Et puis j'ai compris, c'est la canopée qui donne au ciel sa couleur intense. Les couleurs s'y révèlent, s'allument par juxtaposition comme si les arbres et le ciel faisaient des gammes. Ou la conversation.

Après vingt minutes de marche, on a quitté les chemins de terre en laissant derrière nous les dernières cabanes en tôle pour déboucher sur de grandes artères goudronnées. Les rues ont retrouvé d'un coup des échoppes, des enseignes et des cafés ; une foule bariolée et bruyante s'y écoulait, tellement compacte que si on n'y prenait pas garde, on pouvait se retrouver à marcher dans une direction opposée. J'ai dû jouer des coudes.

La femme dont je portais la valise s'est éloignée ; elle est revenue avec une mangue. Elle l'avait marchandée à un gamin. Tout en cheminant, elle l'a coupée en quartiers et m'en a tendu un, puis un autre. Ça a calmé ma soif.

C'était le début de l'après-midi. La circulation était dense, les trottoirs encombrés de triporteurs et de bicyclettes. Tout bruissait autour de moi. L'air retentissait de pétarades et de klaxons.

Ça m'a étourdi.

J'ai regretté d'avoir fait le voyage. J'ai pensé que je pouvais compter sur les doigts de mes deux mains le nombre de fois où j'allais me faire cette réflexion dans la journée.

Le groupe s'est disloqué devant le *Lizulu Market*. Des hommes et des femmes sont partis de leur côté, rejoints par la famille venue à leur rencontre. J'ai vu la cage avec la poule passer des mains de ma voisine à celles d'une grosse femme qui devait être sa fille. Je ne donnais pas cher de la vie de ma compagne de voyage.

Bientôt, il n'est plus resté que la grand-mère et moi.

Nous avons continué sur le *Presidential way*. J'ai bien cru que nous n'en verrions pas la fin.

Nous sommes parvenus ensemble à l'hôpital. J'ai pensé qu'elle m'avait suivi parce que je portais son bagage.

C'est bien à l'hôpital qu'elle se rendait, m'a-t-elle dit, en récupérant sa valise, pour une opération dans le ventre. J'ai baissé les yeux. Son estomac était gonflé, pareil à la panse d'une chèvre, tel qu'on le voit parfois chez les vieilles femmes. Les motifs de son pagne représentaient des sortes d'écrevisses, ou des crabes. J'ai pensé qu'elle avait peut-être un spécimen à l'intérieur.

Elle s'est dirigée vers l'accueil. J'ai attendu qu'elle termine avec la secrétaire pour me présenter.

J'ai montré ma convocation. La secrétaire m'a dirigé vers le service infectiologie. J'ai patienté deux heures dans une salle d'attente avant qu'une infirmière ne m'appelle. J'avais failli rater mon tour parce que j'étais allé uriner.

Le docteur était une femme.

J'aurais préféré avoir affaire à un confrère.

Parce que c'était un homme qui avait conduit l'examen au dispensaire, il y a un mois. Un vieux toubib avec une barbe blanche dont le regard m'avait déshabillé avec bienveillance et juste ce qu'il fallait d'autorité.

– Grand-père, je viens pour que tu me prélèves un peu de sang.

Il avait hoché la tête, mais d'abord il avait pris ma tension, écouté mon cœur ; il m'avait palpé le ventre, les parties, l'intérieur des cuisses ; il avait tâté sous mes aisselles, pressé ses doigts sous mes oreilles en descendant vers la gorge. J'étais nu comme un ver au milieu de la pièce avec les allées et venues d'une infirmière qui n'arrêtait pas de loucher sur mon bazar.

Le vieux toubib m'avait trouvé des ganglions sous les aisselles. Il avait prélevé plusieurs échantillons de sang.

Bien sûr, je n'ai pas montré ma déception à la femme docteur.

Elle m'a serré la main. Sa poigne était énergique. Du genre qui ne s'en laissera pas conter. Elle allait être servie, je ne suis pas un bavard. Ce qui arrange bien nos affaires, à la vieille et à moi. Elle n'avait d'ailleurs pas manqué de me faire ses recommandations.

– Sois économe de ta parole, Fils, ne parle pas du camp ni des filles.

Parce qu'il existait, elle avait poursuivi, tout un monde, comme un fossé, entre les gens des villes et nous. Comme deux planètes séparées par le lac. Le Nord et le Sud. Nous, nous étions d'authentiques sauvages, de pauvres villageois tout pétris de superstitions. Nos pratiques, nos Fétiches, nos braconnages faisaient honte à nos frères des villes. Eux, ils s'étaient occidentalisés. Ils étaient, disaient-ils, les Africains du futur. L'avenir de l'homme et les Blancs, les migrants de demain.

Je n'avais pas d'opinion sur ces choses. La finalité de ces changements m'échappait.

La doctoresse m'a fait asseoir en me donnant du monsieur. Et elle est passée de l'autre côté de son bureau.

Dans la salle d'attente, à l'accueil, on m'avait donné déjà du monsieur.

– Monsieur Mnanza, cela va être à vous…

D'habitude, on m'appelle simplement Ladarius. On ne débite pas mon pedigree ni mon état civil. Tout le monde m'appelle Ladarius, Yvonne, les chefs et aussi le prêtre même s'il ne m'a pas toujours à la bonne, celui-là.

Mais ici, c'est « monsieur » et on vous prie d'attendre. Ils sont forts, les gens des villes, pour vous faire sentir leur pouvoir. Ils ont fait des études. Ce n'est pas de la politesse mais de la déférence. De la condescendance plutôt. Comme une manière de vous demander de rester à votre place et de ne pas lorgner sur la leur. À croire qu'avec les diplômes, ils ont hérité des mauvaises manières des colons.

Je me souviens que le vieux toubib, lui, il m'avait appelé Fils, comme ça, directement.

Fils, c'est comme ça que la vieille s'adresse aussi à moi.

La réalité se rappelle soudain à moi avec un bruit de papier. D'une grande enveloppe brune, la femme extrait une chemise souple. Elle l'ouvre. À l'intérieur, une liasse de feuillets, un courrier tapé à la machine retenu par un trombone. Je reconnais l'en-tête de l'hôpital sur ma convocation.

Elle défait l'attache, saisit le courrier.

Il y a maintenant cette feuille entre elle et moi. Elle la parcourt du regard. Comme si elle la découvrait alors que c'est précisément pour ce qui est écrit là-dedans que je suis ici. Que j'ai fait tout ce chemin en bateau et en taxi-brousse. Peut-être qu'elle cherche ses mots, les mots simples, ceux que de pauvres types dans mon genre peuvent comprendre. Puis, elle repose la lettre sur la liasse et me regarde.

Je fixe mon attention sur la femme, mes prunelles dans ses yeux. J'évite de les laisser glisser dans l'échancrure de sa blouse. Mais c'est difficile. Le médaillon en or de sa chaîne niché dans son décolleté me fait de l'œil. Ses seins sont deux calebasses pleines. Ils tendent le tissu de sa blouse, en menacent les coutures.

Faut dire que je suis assez porté sur les seins, et les fesses. J'aime les mamelons fermes avec une large aréole brune, presque noire. J'aime les fesses charnues et bombées, avec un grain de peau qu'on dirait du sable volcanique. Une géographie du corps qui raconte, mieux que les livres, la création du monde. La poussée des montagnes, les geysers, le chatoiement des rivières d'eau vive.

Mais je m'égare.

La femme docteur m'a vite recadré :

– Je n'irai pas par quatre chemins, monsieur Mnanza.

J'en aurais bien pris, moi, pourtant, des chemins de traverse avec elle.

– Ladarius, ai-je tenté une dernière fois.

Elle a souri mais sans tenir compte de ma remarque. Ses dents étaient parfaites. Ses lèvres pleines, larges mais pas le type négroïde des femmes que je fréquente, comme si s'habiller à l'occidentale pouvait influencer la morphologie des femmes africaines.

– Je disais donc que je n'irai pas par quatre chemins. J'ai ici les analyses de votre dernière prise de sang…

Cette prise de sang, moi, je ne l'avais pas voulue, mais Yvonne. Il aurait peut-être fallu que je le lui explique pour retarder ce qui allait être un uppercut dans mon estomac.

Elle a accompagné sa déclaration d'une pichenette décochée au document qui contenait mes résultats. Des chiffres, des pourcentages, des moyennes, des courbes, j'imagine. Auxquels, de toute façon, je n'aurais rien compris.

– Vous êtes séropositif.

Comme je disais, un uppercut.

Mais je n'ai pas cillé. J'ai accusé le coup.

Devant mon absence totale de réaction, elle a répété :

– Vous êtes séropositif, monsieur Mnanza.

Elle a poussé vers moi le document attestant de ma séropositivité ; je n'y ai pas jeté un œil. De toute façon, je n'avais aucune raison de ne pas la croire ni de mettre en doute les compétences du laboratoire. La pensée que cela ne pouvait pas être mon sang – mais celui de la grand-mère au crabe par exemple –, que je puisse être victime d'une erreur médicale ne m'a même pas traversé l'esprit.

Je suis resté à la regarder comme un chien voit un gigot sur un étal, persuadé que, s'il reste assis à le contempler, la situation va se débloquer en sa faveur. Bref, qu'on va lui donner le gigot à l'œil, l'os du gigot qui tient toute la viande.

La doctoresse ne me faisait plus une aussi bonne impression malgré sa poignée de main, sa paire de miches et son rouge à lèvres.

Pourtant, aussi bizarre que cela paraisse, j'ai eu envie de la trousser. Je me suis imaginé sous son bureau, la tête entre ses jambes en train de lui lécher l'intérieur des cuisses. Deux mignons gigots fermes et tendres à la fois, et la sauce qu'elle me servirait direct dans le gosier.

Mais je n'étais pas en service. Et je doutais de son accueil. Gironde comme elle était, elle devait avoir un mari, un amant capable de la satisfaire.

De toute façon, le problème avec les femmes intelligentes, c'est qu'elles me font vite débander.

Le silence devait la gêner car elle a dû me relancer :

– Monsieur Mnanza, est-ce que vous comprenez ce que je viens de vous annoncer ?

J'ai senti qu'il fallait dénouer le malentendu car j'avais très bien entendu la première fois, et que le gigot, je ne l'aurais pas.

– Oui, ai-je dit.

Ça ne l'avançait pas. À vrai dire, ça ne nous avançait ni l'un ni l'autre.

– En d'autres termes, monsieur Mnanza, vous êtes porteur du VIH. Il s'agit du sida.

Au cas où je n'aurais toujours pas compris.

Alors, je me suis lancé :

– Mais il existe un traitement ?

Elle a soupiré.

– Oui, bien sûr, mais, dans l'immédiat, je souhaiterais que vous protégiez vos relations, et à l'avenir…

Plutôt que de songer à mes prochaines relations, j'ai passé en revue mes dernières conquêtes. Quelle était la coquine qui m'avait refilé sa saloperie ?

Peut-être la veuve de Gray, ou alors celle d'Enock ; mais ça pouvait être aussi la fille de Kofi ou de Leopold, ou bien encore la femme rencontrée dans le taxi-brousse de Blantyre au début de la saison sèche. Je l'avais retrouvée dans les toilettes de la station essence. Elle m'avait adressé une œillade engageante en descendant du taxi. Une gourmande. Nos galipettes nous avaient fait rater le taxi. La femme avait hélé un chauffeur de camion. Moi, j'avais un peu zoné dans le coin avant de monter dans la charrette d'un paysan. Bref, ça ne pouvait pas être les gamines du camp. Elles étaient vierges. Et la vieille était regardante sur l'hygiène des filles.

Alors, elle pouvait m'imposer ses leçons de morale, la doctoresse, je n'avais pas l'intention de prendre des précautions. Pas de raison que je sois le seul à trinquer dans l'histoire.

– Faites-moi une ordonnance pour le traitement, docteur.

J'avais hâte de mettre un terme à l'entrevue. Si je me dépêchais, je pouvais prendre le dernier taxi-brousse à la gare routière. On roulerait de nuit. On crèverait moins parce que c'est le jour que les engins de chantier sèment leurs clous et la ferraille. Dans l'intervalle, le trafic routier fait le ménage, un genre de ménage disons ; et puis il y a les gosses toujours à l'affût des bouts de métal pour se faire de l'argent.

La femme docteur a dû me juger impoli. J'ai senti de l'agacement dans l'échange qui a suivi.

– Ce n'est pas si simple, monsieur Mnanza, je dois d'abord vous expliquer le protocole.

Elle a pris son bloc à ordonnances et a commencé à écrire.

En même temps qu'elle écrivait, elle parlait.

Elle m'a entretenu sur le taux élevé de personnes contaminées par le sida dans notre pays.

Un véritable fléau, elle a dit, une plaie.

J'ai senti qu'elle m'en voulait. Comme si elle m'avait catalogué, qu'elle avait compris que ça ne nous amusait pas d'emballer notre canne à sucre avec de la cellophane à chaque fois que nous prenait une envie de baiser. Et que c'était même à cause d'hommes comme nous – des réfractaires, elle a dit, des criminels – que l'infection se propageait à la vitesse grand V.

Mais elle était bien obligée de me débiter son laïus. Elle était même payée pour ça.

Donc elle m'a parlé d'un traitement antirétroviral, de trithérapie. Une association de molécules qui allait bloquer le virus, que je pourrais reprendre une vie normale mais en protégeant mes relations – elle n'en démordait pas –, qu'on n'en guérissait pas, du sida, mais qu'on cohabitait assez bien avec la maladie en faisant attention à son hygiène de vie. Que je devrais revenir régulièrement à l'hôpital pour faire des analyses, vérifier le taux de mes plaquettes et de mes globules blancs, qu'avec le temps, on espacerait, mais qu'il me fallait un suivi, des ordonnances pour le renouvellement du traitement…

Je ne peux pas dire que ses paroles me rassuraient, mais j'étais résigné.

Seulement, j'étais embêté, vis-à-vis d'Yvonne et de la vieille.

Mon outil de travail, c'était mon sexe et quelques coups de reins. Moi, j'étais payé pour faire le *Kusasa fumbi.*

Dans mon pays, des hommes comme moi, on les appelle des *fisis.*

Mais impossible de le lui dire. Le gouvernement venait de légiférer. La loi faisait de moi un hors-la-loi. Les journaux nous avaient surnommés les *hyènes*.

Il n'y a pas un fauve d'Afrique plus mal aimé que la hyène. La nature a doté les femelles d'un phallus imposant. Une bizarrerie qui ne doit pas exister chez d'autres espèces.

Le procès d'une *hyène*, un *fisi* donc, avait eu lieu ici, à Lilongwe. On a beau être éloigné de la capitale, on en avait entendu parler. La vieille s'était mise en colère. Sifflant son courroux entre ses gencives, elle en avait perdu un chicot.

Nul ne pouvait désormais ignorer la loi. Une loi imposée par les Africains du futur.

Sauf que les agents de l'État, ils ne venaient pas trop promener leurs gueules dans nos contrées. Alors, on était tranquilles et nos chevrettes bien gardées. Je gagnais bien ma vie, je ne peux pas dire honnêtement, ce serait exagéré, mais je rendais service à la communauté. Je travaillais en service commandé, missionné par la vieille, parfois par les chefs de village ou directement par les familles. Les mères m'invitaient à passer la nuit avec leurs filles. On me faisait confiance. J'avais de l'expérience, une réputation. Et mon travail avait un prix. Les gamines étaient consentantes. Elles ne voulaient pas qu'un malheur s'abatte sur leur foyer. Qu'un orage détruise les récoltes, la foudre leur maison. Alors, elles se soumettaient, elles m'ouvraient leurs cuisses, serraient les dents, pleuraient un peu, et je faisais le boulot. Sans état d'âme. Mécanique bien astiquée.

Du beau boulot même.

– Monsieur Mnanza, vous m'entendez ?

Elle a dû remarquer que j'étais déjà sur le chemin du retour.

– Oui, docteur, ai-je répondu sans entrain.

Qu'on en termine et qu'elle me file mon ordonnance. J'irais empocher mes médocs au dispensaire. Ensuite, je reprendrais un taxi-brousse, celui du cousin ou un autre. Pas regardant sur la monture, pourvu que je sois bientôt loin d'ici.

Mon excursion en ville m'avait rendu nerveux. J'avais perdu mes repères. Ici, j'étais comme un étranger. Un paria.

Et désormais un hors-la-loi.

Je me suis levé. On s'est serré la main. Sa poigne n'était plus aussi ferme, sa main moite.

Je l'avais mise mal à l'aise.

– Ladarius Mnanza vous salue bien, madame docteur !

J'avais la banane, le sourire Colgate jusqu'aux oreilles.

J'espère qu'elle a compris que je me foutais de sa gueule. Que je me foutais même de la mort, de mes plaquettes et de mes globules blancs. Que je me foutais de tout, ou presque.

Que si j'avais su, je ne serais même pas venu. Foutu pour foutu !

Puisque…

Mektoub !

3. *Mektoub*

Mais dans le taxi-brousse qui me ramenait à l'embarcadère, je faisais moins le malin.

À cause de la maladie, du venin dans mes veines, j'ai été pris d'un accès de mélancolie. Le genre de bile remontée direct au gosier. Un coup de massue entre les omoplates qui agissait à retardement.

Que la bête meure ! Que meure la hyène de l'île des Pierres !

– Ladarius Mnanza, je vous déclare séropositif.

Mon chef d'inculpation.

Séropositif ! Sé-ro-po-si-tif.

Prends-en pour ton grade, Fils, tout *fisi* que tu sois !

Plongé dans le chaudron de la nuit trouée par le rire des Fétiches, lesquels se moquaient bien de ma naïveté, le mot me revenait en écho, déformé par l'angoisse.

Zéropositif, voilà ce que je comprenais, moi.

Positivement zéro, oui !

Pour un peu, je me serais mis à chialer comme un gosse. Emprisonnés dans ma cage thoracique, mes sanglots sont devenus des hoquets nerveux.

C'était là le contrecoup de la tension accumulée à l'hôpital. Par fierté, je n'avais pas montré mon désarroi à la femme docteur. Qu'elle n'en rajoute pas avec ses diplômes, ses seins et sa morale. Parce que sous prétexte de vous soigner les maux du corps, ça voudrait aussi avoir la mainmise sur le reste du bonhomme.

Pourtant, confronté à l'ennui d'un trajet en solitaire, je commençais à croire que c'est elle qui avait raison. J'étais allé trop loin. J'avais sous-estimé mes forces et semé ma semence à tout-va. Instrumentalisé par la vieille, par Yvonne, j'avais donné sans compter de ma personne. Et voici qu'à bout de souffle, dans la vallée des larmes, je récoltais les fruits de mon labeur. Des fruits gâtés par la saison des pluies.

S'il avait existé un moyen de rejoindre le camp sans passer par les cases « taxi » et « bateau », j'aurais été trouver directement Yvonne.

Je lui aurais dit, Yvonne, j'arrête tout. Désigne-moi un successeur, jeune et vigoureux. Moi, j'ai fait mon temps. Ce que je veux, c'est finir mes jours tranquille dans le village de mon enfance à mâcher des racines de gouro et à boire de la bière. Me tenir à carreau pour que la mort oublie de penser à moi quand elle rebattra les cartes.

Il me fallait présentement démissionner. Me dépouiller de ma fourrure de *fisi*, comme le serpent entame sa dernière mue.

D'abord convaincre Yvonne. Qui convaincrait sa mère. Ça n'allait pas être chose facile. Moi, je n'en avais plus la force.

Groggy, j'étais.

La vieille s'en ficherait pas mal de mon sang empoisonné. Elle ne verrait pas le problème. Ce qui lui importait n'était pas la qualité de ma semence, mais que je bande assez longtemps pour dépuceler les filles.

J'entendais d'ici son discours :

– Qu'est-ce que tu me chantes là avec ton virus, Fils ? Faire le *Kusasa fumbi* et avoir une maladie du sang ne sont pas les deux bouts d'une même corde. On n'éloigne pas le mauvais œil avec des médicaments !

Sans doute.

D'ailleurs, je n'étais pas assuré de tenir la mort à distance longtemps. Et même si j'envoyais tout promener, si je quittais l'île, ça n'effacerait pas l'ardoise. Tout ça était écrit, décidé par les Fétiches depuis ma naissance.

Ils avaient voulu que je naisse sous le scintillement d'une étoile blafarde mal arrimée à la toile céleste.

– *Ton étoile, Fils.*

Parce que, s'il devait y avoir une étoile pourrie dans tout l'univers, elle était pour moi, à coup sûr.

Pourtant, il me semblait que si je remontais le fil, si je dévidais la pelote à l'envers, je serais assuré de pouvoir appréhender ma fin sans surprise. Et, pourquoi pas, songeant aux services rendus aux gamines, à leurs familles, mourir content ?

*

La nuit était tombée. Le taxi cahotait sur la piste. La sangle d'un bagage mal arrimé sur la galerie venait battre régulièrement contre la vitre dans les virages.

Sur le siège à côté, j'avais posé le sac de pharmacie. En fermant les yeux, je pouvais imaginer l'espace de quelques secondes qu'il se changerait en cage à poules sitôt que je les rouvrirais. La poule de l'aller. Elle avait dû finir ébouillantée, plumée et découpée après qu'on lui avait coupé la tête. Et son œil rond et étonné avait dû être encore bien plus étonné.

Tel était son destin de poule.

Et mon destin d'homme ? À quoi tenait-il ? Au contenu d'un méchant sac en papier kraft.

À l'intérieur, des dizaines de plaquettes retenues par un gros élastique. Des pilules jaunes, rouges et bleues. Des molécules, des excipients et des colorants pour faire passer la pilule. Tu parles ! Avec une palanquée d'effets secondaires, même que le pharmacien s'était fait un malin plaisir de me les détailler : la chiasse, les nausées, les plaques rouges, l'eczéma, la toux, les vertiges, la perte de cheveux… Et encore des pilules pour contrecarrer les effets secondaires.

Trois mois de médocs pour ne pas crever tout de suite. Pour s'habituer à l'idée qu'on va mourir. Si c'est possible, la résignation.

À renouveler, il avait dit le pharmacien.

J'avais sorti tous les billets en ma possession. Ce n'était pas encore assez. J'avais ajouté ma montre sur le comptoir pour faire l'appoint. Le pharmacien n'avait pas tiqué. Il avait mis les billets dans son tiroir-caisse, la montre dans sa poche. J'étais sorti de l'officine sans saluer.

Après j'avais couru jusqu'à la gare routière. J'étais essoufflé. Le cœur me battait dans les tempes. Un point de côté. Mais ce n'était pas écrit que je mourrais d'une crise cardiaque. J'aurais presque rigolé si j'avais dû rester sur le carreau. Le cœur à la peine, une peine de cœur, et pas pour une histoire de sexe.

J'ai cru entendre derrière moi la voix de la femme docteur qui me disait :

– *Qui a péché par le sexe périra par le sexe !*

Sorcière, j'ai pensé.

J'étais monté dans le dernier taxi-brousse qui descendait dans le Sud.

– L'embarcadère pour l'île des Pierres ?

– C'est ton jour de chance, man, mon terminus, avait répondu le chauffeur.

Un putain de chauffeur albinos avec des dreadlocks couleur paille qui lui tombaient jusqu'au bas des reins ! Pas d'autres passagers que moi à bord. À croire que l'homme était un genre de convoyeur très spécial et moi, un client pas moins spécial.

Mon jour de chance… Tu parles !

Il avait ajouté qu'on roulerait toute la nuit.

La nuit tous les hommes sont gris. Noir clair, quoi ! Moi, avec ma gueule tachetée d'homme-hyène, et lui, le dépigmenté, on faisait la paire avec nos combinaisons de sang pas net.

Le chauffeur m'avait tendu une flasque d'alcool de sorgho. L'alcool l'aidait à se tenir éveillé.

– Je te conseille de pisser tout ce que tu peux maintenant, man, les escales ne sont pas prévues au compteur.

Pas question de laisser des sauvages prendre d'assaut son char pour lui faire la peau et les poches, il avait ajouté. Rapport aux braconniers reconvertis dans le kidnapping qui achalandaient les marchés occultes en organes et membres d'albinos : langue, mains, oreilles, cœur, parties génitales… Des « pièces détachées » prisées par les guérisseurs pour leurs cérémonies.

– Moi, je tiens à mes attributs…, il avait conclu en portant sa main gauche à ses couilles.

À ce moment-là, j'aurais bien échangé son sexe d'albinos contre le mien pour voir encore le soleil se noyer dans le lac.

J'ai pissé contre la roue arrière du Combi. Un chien arrosait copieusement la roue avant.

À peine je m'étais hissé sur le marchepied que le chauffeur a mis les gaz.

– On y sera à l'aube, man, il a dit, en accompagnant sa déclaration d'un bref coup de klaxon à l'adresse d'un employé derrière la vitre de sa guérite.

Le bateau appareillait à onze heures. J'avais le temps.

Le temps aussi de me faire de la bile. La faim me contractait l'estomac. Je n'avais rien mangé depuis les pilons de poulet et la mangue.

La maladie, ça ne fait pas que des nœuds dans le ventre mais aussi au cerveau.

Au début, je gardais les yeux fixés devant moi, attentif aux bestioles épinglées dans le faisceau des phares, vite avalées par les ténèbres. Je ne pensais à rien. Le chauffeur écoutait sa musique, les écouteurs dans les oreilles. Il opinait de la tête en cadence, furieusement, ses cadenettes décolorées volaient en tous sens. Je l'entendais accompagner les morceaux. Je ne comprenais rien à ce qu'il baragouinait. C'était un genre de feulement, des borborygmes. À intervalle régulier, il s'envoyait une rasade d'alcool. Je crois qu'il m'avait totalement oublié. Si j'avais pu, moi aussi, perdre conscience, m'endormir pour me réveiller en homme neuf, au terminus du voyage, au bout de la nuit.

Un moment, j'ai détourné la tête, à cause de la sangle baladeuse, et c'est mon reflet que j'ai surpris dans le carreau, et alors là, ça a été fini.

Ce que j'ai vu, c'était moi et pas moi en même temps. Un être de chair et son reflet pareil à un zombie. D'un côté de la vitre, il y avait ce passager dont le visage m'était familier. Un voyageur ordinaire rentrant au village après une course à la capitale. Et de l'autre côté de la vitre, mon double obscur, Ladarius le *fisi*, la *hyène* de l'île des Pierres. Ma réputation me précédait, elle me collait à la peau comme ce frère siamois auquel j'étais soudé par l'épaule, assis dehors, et qui imitait mes traits à la perfection.

Salopard ! Ses veines à lui, c'était du vide, du vent. Le sang n'y charriait aucun poison.

Alors, encouragé par les ténèbres et cette autre moitié de moi qui me fixait avec l'air étonné du gars qui se demande où et comment tout a commencé, j'ai refait le chemin à l'envers. J'ai repensé à la manière dont j'avais mené ma barque.

Est-ce que, d'ailleurs, j'avais été un jour, rien qu'une fois, maître de ma destinée ? Est-ce que j'avais choisi mon chemin et la destination ? M'avait-on laissé le choix ?

Assurément non.

J'ai remonté la piste bien décidé à débusquer un indice. Retrouver la trace de mes pas. À quel moment la piste avait bifurqué, où et quand je m'étais trompé de chemin ?

Bref, quand ça avait merdé pour moi ?

À la croisée des routes, un homme m'est soudain apparu. Le genre d'homme qu'on dit bienfaiteur. Il avait tenu en respect les orages. Ces orages qui collaient à ma réputation d'enfant sorcier. Il avait été un père pour moi.

Cet homme avait un nom. Un nom de chef.

Je n'étais pas individu à me rebeller. Plutôt un genre d'exécutant. Obéissant, servile et même un peu poltron.

On peut dire que le chef Albert m'avait bien calculé.

L'image d'un fétu pris dans les courants d'un fleuve gros et colère, chahuté par la queue des crocodiles, m'est venue à l'esprit.

C'est vrai que j'aurais pu mourir plus tôt et d'une bien méchante manière encore.

4. les orages

Vingt ans plus tôt, j'étais un pêcheur et je gagnais très mal ma vie.

Le poisson était abondant dans les eaux du lac mais je n'étais pas seul à le pêcher et j'entretenais mal mon outil de travail. Il aurait fallu des alèzes à mes filets et ma barque n'était pas de toute première jeunesse. La coque prenait l'eau. J'y mettais de l'étoupe, du goudron, ça tenait un temps. Seulement je n'avais pas les moyens de m'en payer une autre. Et celle-là, je l'avais gagnée aux cartes en trichant.

Parce que pêcheur n'était pas une vocation. Mais, avec le lac à côté, j'avais choisi la facilité. J'aimais la bière, manger des pilons de poulet frit et dormir. Le peu d'argent que je gagnais à vendre mes poissons, je le buvais sans rechercher la compagnie des gars de mon âge qui ne cherchaient pas davantage la mienne.

Pourquoi ne quittai-je pas la région du lac où je végétais pour monter à la ville chercher fortune ?

D'autres jeunes gars l'avaient tenté avant moi, et des moins futés.

C'est que j'avais contracté une dette auprès du chef de mon village et j'en attendais le solde.

Comment c'est arrivé ? Moi, je dirais que tout ça, c'est la faute des orages…

*

J'étais encore un gamin quand la foudre est tombée sur notre foyer. Je n'y étais pas. Pris d'une courante, j'étais allé me soulager derrière un manguier. Père et Mère sont morts carbonisés. C'est moi qui ai sorti leurs corps des décombres. Sans distinguer l'un de l'autre, foudroyés dans une étreinte.

Une tante m'a élevé. A fini de m'élever. Elle n'y a pas mis beaucoup de bonne volonté ; je ne lui en veux pas. Elle a quand même tenu à m'envoyer à l'école où j'ai appris à lire, à écrire et à compter.

Mais, les malheurs s'accrochant comme des sangsues sur le dos du baigneur, il ne fallait pas que je me réjouisse trop vite de mon sort.

Les Fétiches m'avaient à l'œil. Et leur truc, à eux, c'était les phénomènes météorologiques.

Un jour que je revenais de l'école, j'ai vu un éclair s'abattre sur la maison de la Tante. Une case en torchis. Elle a flambé le temps de le dire. Il n'y avait rien à sauver, même pas la Tante restée à l'intérieur.

J'avais onze ans.

Après l'enterrement de la Tante, aucun parent n'a plus voulu de moi. Les azakhalis ont dit au chef que j'étais un enfant sorcier. Elles en avaient les preuves. Car subitement, l'une se rappela avoir vu des serpents rouges suinter des murs de sa maison le jour de ma naissance ; le même jour, une autre avait assisté à la dévastation de son champ de sorgho par une nuée de criquets ; une autre encore se souvint que son chien s'était mis à convulser avant de rendre son dernier souffle alors qu'une minute plus tôt il frétillait de la queue ; enfin, il s'en trouva une dernière pour raconter qu'au moment où je poussai mon premier cri, son mari était rentré les cheveux entièrement blancs.

Le chef leur a ri au nez. Lui, il ne croyait pas à cette histoire d'enfant sorcier. Il leur a dit que si j'attirais le mauvais œil, je devais en connaître l'antidote.

– *Le scorpion ne se mord jamais la queue.*

Mais les Tantes ont fait semblant de ne pas comprendre. Elles ne voulaient pas prendre de risque. Elles étaient mères de famille. Leurs gamins n'avaient pas vocation à brûler tels des bouchons de paille.

Plus aucun enfant n'a voulu jouer au foot avec moi. Les femmes m'ont interdit l'entrée de leur maison, elles jetaient du sel sur mon passage. Les hommes excitaient leurs chiens pour qu'ils mordent mes mollets. Même qu'un jour, il y en a un qui m'a presque arraché le gros orteil.

Alors, c'est le chef qui m'a adopté.

Le chef Albert et sa femme. Le couple avait neuf filles : Alba, Albane, Albena, Albertina, Albertine, Albina, Albine, Albion, Alby. La plus jeune venait d'avoir deux ans et l'aînée en comptait huit de plus. C'était un peu comme si les Fétiches leur avaient donné le garçon qu'ils n'espéraient plus.

J'ai pensé, au début, que c'est pour ça que le chef Albert s'était montré généreux avec moi.

Je l'ai aidé à construire une case à côté de la sienne. Il m'y a installé et m'a confié à un pêcheur afin que j'apprenne le métier.

C'est comme ça que je suis devenu pêcheur.

La saison sèche et celle humide qui ont suivi mon arrivée dans la famille du chef n'ont connu aucun orage.

Mais c'est parce que le chef Albert avait trouvé la parade, un genre de paratonnerre. Ce paratonnerre, c'était moi.

Voici comment cela arriva.

Un matin, je surpris Alba, l'aînée, occupée à laver son linge dans la rivière. Elle se trouvait dans un coude fort éloigné du village, en amont du marigot. Une barrière végétale la dissimulait, seul le rouge de son pagne dénotait parmi tout le vert.

Alors j'y suis allé voir de plus près. Quelque chose dans son comportement m'intriguait. Je me rapprochai suffisamment pour comprendre qu'elle lavait sa culotte. J'eus ma première érection. Enfin, je veux dire que c'était la première fois que je bandais pour une fille en imaginant les fesses nues d'Alba sous son pagne.

D'habitude, je me branlais sur une image d'un magazine de cinéma volé autrefois au maître d'école. La photo était cachée sous ma natte. Elle représentait une actrice blanche qui portait un maillot de bain jaune avec un couteau à la ceinture. Elle sortait de la mer, un grand coquillage dans chaque main. Elle avait les yeux clairs, le corps bronzé, elle était blonde et très élancée. Une Américaine.

Je fixais le triangle de tissu de son bikini. Je glissais ma main dans mon caleçon. Ça marchait à chaque fois.

Alba et moi avions presque le même âge. Alba était bien différente de l'actrice blanche mais plus accessible au gamin que j'étais. Je la rejoignis. Elle s'empressa de cacher derrière son dos ce qu'elle était en train d'essorer. Je lui dis, pour la taquiner, que je savais qu'elle ne portait pas de culotte. Elle nia. Je forçai la provocation en lui disant que si elle lavait ses dessous à l'écart, c'est parce qu'elle avait fait dedans. Elle se jeta sur moi et me cingla le visage avec la culotte mouillée. Je riais. J'avais raison. Alba ne portait pas de culotte. Elle s'effondra en larmes en me disant que c'était pour laver le sang qui avait coulé entre ses cuisses. Je cessai de rire sur-le-champ. Je voulus la consoler la croyant blessée. Je lui caressai ses joues mouillées. Elle réussit à me sourire. Elle mit un doigt sur mes lèvres et me demanda de garder le secret. Seule sa mère était au courant. En échange de mon silence, elle me le confia. Celui que sa mère lui avait révélé sur la raison pour laquelle le sang perle entre les cuisses des filles quelques jours par mois. Le sang était la preuve qu'elle pouvait enfanter. C'était un mécanisme complexe que ni elle ni moi ne comprenions, mais, c'était sûr, un changement s'opérait en elle afin qu'elle devienne une femme, et, un jour, une épouse et une mère.

Trois semaines plus tard, le chef m'offrait Alba. Quelque chose me disait que ce cadeau avait un rapport avec la scène au bord de la rivière.

Il me dit :

– Fils, couche cette nuit avec ma fille aînée, Alba, et honore-la. Une nuit unique, pour toi comme pour elle.

C'était une surprenante proposition de sa part et je me gardai bien de la refuser. Mes ébats solitaires commençaient à me lasser.

Je ne savais pas encore que je mettais mon doigt – plutôt ma canne à sucre – dans un engrenage qui ferait de moi l'homme que je suis devenu.

À l'instant où le chef m'ordonna de faire le sexe avec sa fille, je fus le plus heureux des garçons. Pour avoir entendu mon père ahaner entre les reins de ma mère, je savais que faire le sexe était le moteur de la vie.

J'allais remercier le chef Albert du cadeau, quand il ajouta :

– Elle n'est pas pour toi, fils, mais elle est à toi pour cette nuit.

Je n'ai pas compris la nuance ce jour-là.

Mais je n'ai pas pu recommencer le sexe avec Alba après.

Une nuit unique, comme il avait dit.

J'ai rongé mon frein une année, jusqu'à ce que le chef m'appelle auprès de lui :

– Fils, couche cette nuit avec ma fille, Albane, et honore-la. Une nuit unique, pour toi comme pour elle. Ai-je besoin d'ajouter qu'elle n'est pas pour toi, mais à toi, cette nuit uniquement…

J'avais compris. J'ai fait la moue, pas longtemps, Albane était plus belle que sa sœur.

Il n'y eut pas d'orage cette année-là encore.

Une année passa, moi, toujours rongeant mon frein, mais guettant avec impatience les règles d'Albena. Car j'avais bien compris le lien. Et quand ce jour arriva, j'avais compté vingt et un jours avant de faire l'amour avec Albena. Le chef n'avait pas eu besoin de me l'ordonner. J'étais enlacé à sa fille quand il me trouva. Il opina du chef et s'en alla.

Un an encore. J'avais quinze ans et je me sentais la vigueur d'un âne. Albertina a supporté mes assauts toute une nuit.

Avec l'expérience de mes seize ans, j'ai défloré Albertine.

Puis ce fut le tour d'Albina. Cinq années nous séparaient et je l'ai effeuillée en mettant toute la tendresse dont j'étais capable. Elle était plus fluette que ses sœurs, plus étroite aussi.

J'ai pris mon temps pour explorer sa vulve avec la langue, avec les doigts, puis avec mon sexe qui n'en pouvait plus d'attendre. Ça a été la plus belle nuit de ma vie d'amant. Je l'ai fait une dernière fois avec Albina à l'aube. Elle a murmuré tout contre mon oreille que c'était encore plus merveilleux la seconde fois.

J'aurais pu tomber amoureux d'Albina si les yeux noirs du chef ne m'en avaient dissuadé.

Toujours pas d'orage au-dessus de nos têtes. Les Fétiches étaient allés jouer aux osselets ailleurs car on entendait le tonnerre gronder au loin, des éclairs émaillaient le ciel, couraient sur le lac, la foudre s'abattait sur des villages, des maisons flambaient, des corps s'embrasaient, tandis que j'embrassais à tour de rôle le corps des filles du chef Albert.

Albine succéda à ses sœurs quand j'eus dix-huit ans.

J'étais condamné, me disais-je, à faire l'amour à des filles qui auraient toujours onze ans tandis que je prendrais en âge, en vigueur et en expérience. Une seule nuit d'amour par an m'avait appris la retenue et la patience.

Peut-être que ce n'était pas pêcheur que j'aurais dû faire, mais prêtre.

Puisque je ne faisais pas le sexe aussi souvent que je l'aurais voulu, je pris l'habitude de boire pour sombrer vite dans le sommeil. Mes songes étaient peuplés de femmes nues. Et je passai pas mal de nuits sur mon bateau à regarder les étoiles. Parfois j'avais une pensée pour l'actrice blanche du magazine. Soudain, elle apparaissait, sortant du lac, la peau cuivrée et ruisselante, mais dans l'état d'hébétude où me plongeait l'alcool, c'est Albina qui prenait bientôt sa place.

D'autres que moi se seraient sans doute accommodés de cette situation mais je voyais avec terreur approcher la fin de mes mandats. Le chef Albert n'avait plus que deux filles : Albion et Alby.

Je redoutais le jour où il m'ordonnerait de quitter sa maison. J'en étais même à me demander si je ne devais pas devancer l'échéance et me trouver un nouveau village pour me refaire, comme qui dirait, une virginité.

Mais j'étais fainéant, je l'ai dit, et un peu poltron. Je craignais la colère du chef Albert si je ne m'acquittais pas de ma mission dans son entièreté.

Il m'avait adopté, nourri, logé, offert l'une après l'autre ses filles. Je lui devais bien ça.

Alors que j'étais dans ma dix-neuvième année, Albion m'aborda.

J'avais toujours trouvé étrange cette fille plus grande que ses sœurs au même âge. Elle avait presque ma taille, sa voix était grave, ses hanches étroites, la poitrine plate et ses mains larges. Ce qu'elle avait de plus beau, c'était sa paire de fesses. Elle en était consciente à voir comment elle minaudait en tournant de la croupe pour se rendre au marigot, et, bizarrement, son port chaloupé s'en trouvait exagéré si elle me savait dans les parages.

À vrai dire je n'étais pas pressé de faire sa connaissance intime. Quelque chose en Albion me mettait mal à l'aise. Il me semblait que c'était parce que je serais davantage sa conquête qu'elle ne deviendrait la mienne.

Donc, sans grande surprise, c'est Albion qui fit le premier pas.

– C'est mon tour, Ladarius, tu dois me prendre cette nuit. Mon père qui est le chef du village te l'ordonne.

Il y avait belle lurette que le chef Albert ne me commandait plus ce service. De mon plein gré, je déflorais ses filles à leur puberté.

Pour Albion, la chose se passa différemment.

D'abord, c'est elle qui me démarcha ; or, c'était moi qui faisais le premier pas. Ensuite, je n'avais pas vu Albion laver son linge menstruel. Il est vrai que j'avais un peu relâché ma surveillance, ayant, comme je l'ai dit, quelques réticences à son égard.

Je lui rétorquai :

– Je ne fais le sexe qu'avec des filles pubères, Albion.

Un étrange sourire passa sur son visage.

– Je suis si discrète que personne n'a vu ma métamorphose, ni toi qui as épié mes sœurs, ni père qui est pourtant le chef, ni mère. Mais j'ai eu le sang entre mes cuisses, il y a de cela vingt et un jours.

Et pour couper court à mes tergiversations, elle me brandit sous le nez sa culotte maculée d'un sang marron, tout coagulé.

Je réprimai mal une grimace de dégoût.

– Tu dois coucher avec moi cette nuit. Sinon, tu sais ce qui risque d'arriver par ta faute…

Albion était futée. Elle avait compris le rituel. Elle savait pour les menstrues. Elle savait aussi pour l'orage.

Comme je ne la croyais pas, ce sang, elle pouvait l'avoir prélevé sur un poulet égorgé, je décidai de ne pas rejoindre Albion sur sa natte cette nuit…

Sauf que, durant la nuit, je fus réveillé par un roulement de tonnerre. L'orage était encore loin, mais effrayé par les risques que je faisais courir à la famille du chef, et à Albina dont j'étais secrètement épris, si je ne m'exécutais pas, je me faufilai dans les ténèbres jusqu'à la couche d'Albion.

Elle m'attendait.

Je croyais tout savoir des choses du sexe, mais je dois dire que cette nuit-là, Albion m'épata.

Elle me fit découvrir une cavité jamais explorée et me rendit la pareille en explorant la mienne. J'ignore comment elle s'y prit, mais mon excitation était telle que je rugis comme un lion. Albion me bâillonna avec sa culotte et finit sa besogne sur ma personne avec une dextérité incroyable. Elle était habile de ses doigts. Je sentis mon sexe durcir à nouveau, douloureux à force de me sentir forer dans mon fondement tout en y trouvant du plaisir. N'en pouvant plus, je me roulai sur le côté pour lui échapper, et je me jetai sur elle. Albion se tordit sous mon corps jusqu'à parvenir à ses fins en m'offrant ses fesses. Je les mordis, je les lapai, je les pelotai, je fourrageai avec mon nez, avec ma langue. Et, avec mon engin tendu dans une tension extrême, je parachevai la conquête d'Albion en plantant la hampe de mon flambeau entre ses deux mottes brunes.

Ainsi, nous luttâmes toute une nuit, roulant bord sur bord jusqu'à épuiser le suc de la jouissance. Je sortis de la maison du chef Albert à l'aube, exténué, rompu et hagard. Le sexe en feu, les fesses moulues.

Contrairement à ses sœurs qui n'avaient jamais essayé de réitérer leur nuit d'amour, Albion me provoqua des semaines durant en agitant sa croupe devant mes yeux. Mais la honte me retint. Oui, j'avais joui d'elle et en elle, et elle avait joui de moi et en moi, mais cela avait eu lieu par une voie qui ne m'était pas naturelle. Je sentais en mon for intérieur que ce que nous avions fait était mal. Heureusement pour moi, pour Albion et sa famille, les foudres du ciel ne se déchaînèrent pas au-dessus de nos têtes.

Préoccupé à ruser pour ne pas me trouver seul avec Albion, j'en oubliais Alby, la benjamine.

Par une nuit sèche et exceptionnellement chaude pour la saison, alors que je me trouvais dans ma barque amarrée au ponton, à rêvasser, le chef Albert vint m'y rejoindre. J'entendis ses pas claquer sur les planches avant de l'apercevoir. Je m'empressai de jeter à l'eau les cadavres de bouteilles éclusées.

S'il remarqua quelque chose d'après ma physionomie, il éluda l'affaire.

D'abord, il me questionna sur mon état de santé, sur mes rêves et sur mon avenir. C'était la première fois qu'il s'intéressait autant à moi. Je lui répondis sur le premier point, que ma santé était excellente, mais ne lui dis rien de mes rêves vu qu'ils concernaient Albina.

– Quant à mon avenir, il me semble que c'est à vous de me le dire, chef Albert.

Le chef était assis dans la barque en face de moi. Je l'avais invité à prendre place. Je discernais mal son visage, mais je le sentais préoccupé par une affaire. Pas une affaire de chef de village mais quelque chose qui nous concernait tous les deux. La nuit était piquetée d'étoiles. L'une d'elles était rouge, et plus grosse que les autres. Les crapauds buffles coassaient. J'arrivais à trouver de la poésie à leur chant d'amour guttural. Peut-être un des effets de l'alcool.

– Fils, tu végètes sur cette barque depuis trop longtemps.

Il fit une pause.

J'avais le cœur serré. Je me disais que quand il aurait fini de parler, il larguerait lui-même les amarres pour que j'accoste à d'autres rives.

Il reprit :

– Alby t'attend. Elle est ma dernière fille. Honore-la comme tu as honoré ses sœurs. Demain soir, je viendrai te retrouver ici. Ta barque doit nous emmener de l'autre côté du lac où nous attend une connaissance à moi. Je ferai les présentations puis je reviendrai au village sans toi, avec ta barque. Tu n'en auras plus besoin.

Il me quitta sur ces derniers mots me laissant à mes interrogations.

Je fis l'amour à Alby, mal. Elle se débattit ; elle me griffa et me cracha à la figure. Je fus surpris par tant d'animosité. Aucune de ses sœurs ne m'avait opposé une telle résistance.

Les temps changeaient. Une nouvelle mue m'attendait.

5. la traversée

Le chef Albert m'avait rejoint à notre point de rendez-vous.

Il était près de minuit. La lune était grosse ; elle luisait comme un ver blanc au milieu d'une myriade d'étoiles piquetant la nappe céleste de leurs chiures phosphorescentes. Des nuages me la dissimulèrent l'espace d'un battement de paupière. Quand elle réapparut, je vis sa prunelle épinglée dans l'épaisseur du ciel et je me figurai que, derrière sa longue-vue étirée dans l'infini de l'univers, cet œil m'observait.

Devais-je en conclure que les Fétiches m'avaient à l'œil encore une fois ?

Il faut dire qu'entre le ciel clair et les eaux baignées de la lumière stellaire, ma silhouette se détachait avec la netteté d'un motif découpé dans une feuille de papier. J'avais beau faire partie du décor, économe de mes gestes, silencieux, je manquais de transparence.

Je faisais donc une bonne cible.

Quelle idée saugrenue ! Pourtant je restais persuadé que la lune m'avait dans son viseur. Et il n'y avait aucun homme à la ronde pour faire diversion.

Lorsque le chef Albert entra dans le champ, loin d'être délivré de cette idée désagréable, je me sentis tenu en joue sous le feu de leurs deux regards croisés, vertical et horizontal.

C'est dire que je devais porter une sacrée culpabilité en moi à cause du fiasco de la nuit dernière avec la fille du chef.

Je grimpai sur le ponton à la rencontre de l'homme autant pour me donner une contenance que pour me débarrasser de la lune. De son œil sépulcral qui m'observait avec l'air de me demander des comptes.

Le chef Albert portait un grand sac de sport que je ne lui connaissais pas. Le sac paraissait peser son poids.

Je ne sais pas pourquoi l'image d'un cadavre s'imposa alors à moi avec une précision et une violence qui me stupéfièrent. Ce n'était pas n'importe quel cadavre. Je m'étonnais de pouvoir en donner une description précise.

Un enfant, les yeux clos, les traits recouverts d'une mince pellicule de poussière grise, les bras croisés sur sa poitrine. L'enfant portait un short de foot bleu et un T-shirt rouge trop grand pour lui. Je reconnus une tenue de l'époque où je vivais chez la Tante. C'était le gamin que le chef Albert avait adopté, et que j'allais abandonner définitivement derrière moi.

Je tentai de cacher ma nervosité. J'avais fumé cigarette sur cigarette. Et je finissais d'en griller une quand le chef était apparu au bout du ponton.

La nuit était claire, je l'ai dit, et je regrettai qu'il en fût ainsi, même si le temps se prêtait à une navigation sans risques.

Remarqua-t-il seulement les traces de griffure sur mon visage ? S'il les vit et qu'il en comprit la nature, il ne fit aucun commentaire à ce sujet.

Le chef Albert posa le sac à mes pieds, il s'accroupit pour l'ouvrir. Je retins ma respiration tandis que la fermeture zippait sur toute la longueur. L'ouverture me sembla durer plus que nécessaire.

Je fus soulagé de le voir extraire, non le corps sans vie d'un môme de onze ans, mais un moteur de bateau. Il se redressa tenant l'objet entre les mains et me le déposa dans les bras. Le moteur n'était pas neuf, mais c'était de la bonne camelote. En connaisseur, j'avais identifié un Honda BF de 4 chevaux. Un modèle trois fois plus puissant que le mien. Du genre à vous embarquer pour une après-midi de balade, alors qu'avec mon moteur d'entrée de gamme pour annexe, empêché d'aller caboter loin des côtes, je devais songer au retour avant même le départ.

J'aurais bien voulu savoir où il l'avait dégotté, son moteur, lui qui n'était même pas pêcheur. Et pourquoi ne me l'avait-il pas donné plus tôt ?

Mais comme aucune parole n'avait été encore échangée entre nous, je répugnai à rompre le silence.

Je dénichai la poignée escamotable du Honda et descendis dans mon embarcation pour procéder à l'échange. Pendant ce temps, le chef Albert s'installa à l'avant. Je déposai mon vieux moteur sur le ponton. Il pouvait faire le bonheur d'un pêcheur encore plus pauvre que moi.

J'avais bien compris le message. Je n'aurais plus besoin de ma barque. Le chef Albert en prendrait les commandes sitôt que je nous aurais amenés là où il le désirait.

La pensée que ma barque pût servir à la dot d'Albina me mit un peu de baume au cœur.

Je versai ce qui me restait d'essence dans le réservoir, réamorçai la pompe. Grâce à l'interrupteur de démarrage électrique, j'économisai mes efforts. Le moteur démarra du premier coup. Les crapauds buffles se turent, ou est-ce parce que le bruit du moteur couvrait leur sérénade ?

Bien qu'au ralenti, je trouvai, moi, que dans la touffeur d'une nuit sans air on faisait un sacré raffut. Je craignais que quelqu'un nous entende depuis le village. Nous avions l'air de deux conspirateurs.

Je jetai un œil préoccupé au chef Albert car j'ignorais toujours le terme de ma destination, ni à quelle nouvelle mission il me destinait. La première avait pris dix années de ma vie.

Voilà soudain que j'avais hâte de mettre de la distance entre moi et le village. Je ne le comprenais que maintenant ; la réaction d'Alby m'avait dessillé les yeux. Au fond, je ne m'étais jamais senti chez moi. Le village m'avait accepté, certes, mais contraint par la protection du chef. Durant tout ce temps, j'étais demeuré un étranger, un paria.

Sans doute parce qu'on ne m'avait jamais pardonné la mort de mes parents, ni celle de la Tante. Pourquoi n'avais-je pas péri avec eux ? Si l'orage n'avait pas été responsable des incendies, on m'aurait accusé d'avoir mis le feu aux deux maisons.

Personne n'allait me regretter, excepté Albina qui m'aimait et Albion qui continuait d'en vouloir à mon cul.

Deux amours impossibles.

– Paré, chef Albert !

Je donnai à mon ton tout l'enjouement dont j'étais capable avant de demander notre cap :

– L'île des Pierres, fils.

Machinalement, je portai mon regard vers l'horizon, et quoique l'île des Pierres ne fût pas visible, je savais qu'elle se trouvait à une heure de cabotage de nos rivages.

Comme tout le monde, je connaissais l'île. Par temps clair, on pouvait apercevoir la montagne dressée en son centre depuis la côte. Ses eaux pauvres en poisson mais riches en coraux. Il existait un marché pour les coraux. Les pêcheurs plongeaient en apnée pour les revendre en ville. Seulement, moi, avec mon moteur poussif, jamais je n'aurais pu aller aussi loin.

L'île des Pierres n'était pas son vrai nom. Comme les villageois, je l'avais oublié pour ne retenir que celui-là. Des histoires couraient sur son compte. Des fables que les anciens colportaient. Je crois bien qu'aucun pêcheur n'y avait jamais débarqué.

Il y avait cette histoire de pieuvre monstrueuse. Bien plus grande qu'une maison. La bête avait fait de l'île son logis. Les concrétions en pierre se détachant sur le pourtour des côtes étaient autant d'hommes pétrifiés pour avoir osé regarder le monstre dans les yeux.

Bien évidemment, personne ne croyait à ces fables mais il n'empêche que plus d'un pêcheur dont la barque, emportée par le courant, venait à se retrouver à proximité de l'îlot, s'employait à redémarrer son moteur de peur de s'y échouer. J'imagine que de nuit, l'île se montrerait encore plus effrayante et inhospitalière qu'en plein jour.

Quelle idée le chef Albert avait-il derrière la tête ?

Je ne répondis rien mais n'en menais pas large. Je mis le cap sur l'île en me fiant aux étoiles. Tout en me demandant ce qui m'attendait là-bas. Je brûlais d'interroger le chef Albert pour en savoir davantage, mais son visage fermé me signifiait qu'il était vain d'essayer d'avoir une conversation à ce sujet.

Je lui avais toujours obéi. Jusqu'ici ma complaisance avait payé. Je n'avais donc aucune raison de ne pas lui faire confiance.

Quand j'eus mis assez de distance entre le ponton et notre embarcation, je lâchai les gaz.

Durant le trajet, je me laissais aller à faire toutes sortes de suppositions, des plus engageantes aux plus fantaisistes auxquelles succédèrent, favorisées par les eaux noires et l'éloignement de la côte, des scénarios alarmants.

Parmi mes divagations, il y avait ce cas de figure où le chef Albert m'abandonnait sur l'île des Pierres en se sauvant avec ma barque et où je ne tarderais pas à mourir de soif, de faim et d'ennui. Mais ce n'était pas là l'hypothèse la plus terrible. Je me figurai aussi que, sitôt posé le pied à terre pour haler la barque sur le rivage, je ferais la rencontre de la pieuvre et que je deviendrais une concrétion minérale de plus dans le paysage lunaire. Il y avait aussi le cas où l'île était habitée. Après tout, elle était de belles dimensions, suffisamment grande pour accueillir une communauté. Des arbres, plus nombreux que les pierres, y étaient accrochés. Peut-être y avait-il même une source, une rivière, de l'eau potable pour les hommes et leurs bêtes. Si elle était habitée, des bateaux faisaient la navette vers le continent. Je ne m'étais jamais aventuré assez loin, ou du moins pas assez près de l'île, pour apercevoir des habitations, un ponton, un embarcadère. Ce qui ne voulait pas dire qu'il n'y en avait pas au nord de l'île, son rivage donnait sur la côte opposée, tournée vers la capitale du pays.

Je pensais le chef Albert assoupi quand sa voix, comme surgie des flots ténébreux, m'ordonna de couper le moteur.

À ce moment-là, j'étais en train de me demander s'il ne me destinait pas à une mission identique à celle effectuée dans sa demeure avec ses neuf filles, sur neuf autres filles d'une maîtresse qu'il tenait cachée dans l'île.

Tout à mes scénarios, je ne m'étais pas rendu compte que nous étions sur le point d'accoster.

L'île avait ses propres courants ; ils nous portaient vers le rivage. Une rangée de falaises se dressa devant nous. D'étranges falaises, naines et biscornues. Entre chaque concrétion rocheuse apparaissaient des béances. D'où l'impression d'avoir affaire à une rangée de grotesques saisis dans l'éternité de leurs ridicules ou de leur épouvante.

J'eus peur, un instant, poussés par les courants, d'aller nous fracasser contre la roche.

Le chef Albert se mit debout pour m'indiquer une passe. Le goulet n'était pas engageant. J'obtempérai. Le chef Albert savait ce qu'il faisait. Il était venu ici avant moi. Sa connaissance des lieux était visible.

Quand je me rapprochais trop d'un bord ou de l'autre, il s'aidait de la rame qu'il arc-boutait contre la pierre pour nous en tenir éloigner et éviter l'avarie. À force de manœuvrer au ralenti dans l'étroit boyau labyrinthique, nous accostâmes bientôt sur une petite plage au sable blanc, très fin. La crique était déserte. Naturellement vu l'heure.

Notre venue sur l'île devait demeurer discrète. Le chef Albert mit un doigt sur ses lèvres pour m'intimer le silence.

L'île des Pierres était habitée et j'allais bientôt faire connaissance de la vieille pieuvre qui y régnait.

6. le camp

Nous marchâmes un quart d'heure à flanc de montagne sur un terrain accidenté avant d'atteindre le camp. Une odeur d'œuf pourri nous accompagnait. Il y avait une mine de soufre à proximité et sans doute une source d'eau chaude. La montagne était un ancien volcan. Les éruptions avaient sculpté la roche. L'acidité du sol et ses éboulis décourageaient la végétation sur ses pentes. De la caillasse éparpillée roulait sous nos pas avec un bruit d'os.

L'île des Pierres n'avait pas volé son nom ni sa réputation.

La lune avait disparu derrière les nuages. La voûte céleste semblait un entonnoir, une force hostile tentant de m'aspirer vers les ténèbres. Encore plein du roulis de la traversée, j'avais du mal à assurer mon pas. À de nombreuses reprises, je dévissai à cause des cailloux et tombai même une fois sur le cul.

L'ignorance dans laquelle je me trouvais quant à notre point de chute n'arrangeait rien à l'affaire. J'étais maladroit. Inutile d'interroger le chef Albert. S'il avait voulu m'en informer, il l'aurait fait plus tôt. Je présumais qu'il voulait me laisser mariner, ou, du moins, m'abandonner au champ des possibles. Il aurait été bien étonné de savoir que je m'en fichais, trop occupé à mettre mes pas dans les siens. Mon corps était devenu une paire d'oreilles greffées sur deux jambes, et seule m'importait la fiabilité de leur radar.

J'étais étonné par la diversité des cris nocturnes. Ils n'avaient cessé de nous suivre. L'île était un paradis pour les oiseaux nyctalopes et les insectes assoiffés de sang ; je m'épuisais à les écraser contre mon cou. Réveillés par le roulement des cailloux sous nos semelles, des singes ajoutaient leurs gammes criardes au concert. Ça ne durait pas, peu familiers de l'homme, nous étions à peine une curiosité pour les singes et de toute évidence pas une menace. L'île était sans prédateurs.

Les braconniers connaissaient-ils, eux aussi, l'histoire de la pieuvre géante ?

Je portais quelques affaires personnelles dans un sac en plastique, un morceau de savon, une brosse à dents, un coupe-choux et un couteau à cran d'arrêt qui me servait à vider les poissons. Je n'étais riche de rien d'autre.

Je m'échinais à marcher dans l'ombre du chef. Son pas était sûr, presque une foulée, son allure rapide. Je me retrouvais parfois empêtré dans un barbelé de broussaille dont les épineux accrochaient mon sac. Une fois dépatouillé, je devais courir à l'aveugle sur la piste pour le rejoindre avant de buter contre son dos. Je n'étais pas discret. Il soupirait, je l'irritais.

Il n'avait pas desserré les lèvres depuis notre débarquement. C'est lui qui avait noué la corde du bateau autour d'une pierre, me la prenant des mains d'autorité. Il en était désormais le propriétaire.

Si mon cœur se serra, c'est moins parce que je cédais mon vieux rafiot au chef Albert que parce qu'il signifiait que je ne verrais plus Albina.

Depuis lors, je m'attendais à tout, comme à élire domicile dans une cabane isolée, à vivre reclus dans l'antre d'une caverne et même à devoir affronter une pieuvre géante à mains nues, mais je ne m'attendais certainement pas à tomber sur un camp !

La lune perça les nuages à l'instant où nous foulâmes l'herbe de la plaine. C'est dans cette lumière bleue qu'il m'apparut, posé sur son socle de verdure grise, figé, comme un assemblage de figures planes et géométriques, sans relief ni profondeur.

Deux baraquements disposés en L, recouverts de chaume, avec des meurtrières. Une petite maison isolée leur faisait face accolée à une case en torchis, aveugle.

La disposition géométrique des baraques me rappela un camp militaire.

Mais ni barbelés, ni palissade de pieux dressés, ni gardien.

Sur le panneau à l'entrée, je pus lire « CAMP DE VACANCES POUR JEUNES FILLES ».

Tout cela paraissait totalement irréel. Aussi bien l'existence d'un camp de loisir, sa localisation secrète et difficile d'accès que la nature des pensionnaires qu'il accueillait.

Des filles. Uniquement des jeunes filles.

En ce cas, qu'avais-je à y faire ?

Le chef Albert m'imposa à nouveau le silence d'un geste de la main, puis il fit le dos rond, prêt à se jeter face contre terre si nécessaire.

De quoi, ou plutôt de qui se cachait-il ?

Si je jugeais cette position outrancière, je n'en menais pas large. D'où pouvait surgir le danger et sous quel visage ?

Un molosse enragé, crocs vent debout, les babines barbouillées d'écume, une hyène apprivoisée, dressée à l'attaque ?

S'il y avait eu ce genre de bête ici, elle nous aurait repérés depuis longtemps et nous aurions eu à subir une salve d'aboiements.

Un instant l'idée me vint que les fauves, c'étaient plutôt nous, le chef Albert et moi, des prédateurs qui pénétrions à pas feutrés dans une enceinte privée.

Je m'appliquai à adopter la même discrétion que mon voisin.

Le chef Albert se dirigea vers la maison. Malgré l'heure avancée, une fenêtre était éclairée.

Il poussa la porte, elle ne grinça pas sur ses gonds, et il entra le premier. Quoiqu'encore un peu hésitant, je lui emboîtai le pas.

Sur un fauteuil en rotin, une vieille femme se balançait tout en tirant sur le tuyau d'une longue pipe, aussi vivante qu'une momie, pétrifiée dans son silence et ses rides. Je n'avais jamais vu une femme si âgée. Elle semblait avoir quatre-vingts, quatre-vingt-dix ans mais je devais apprendre plus tard par Yvonne, sa fille, qu'elle en avait à peine soixante.

La flamme de la lampe à huile projetait sur les murs des ombres étranges, des créatures ailées hérissées d'écailles. L'une d'elles vint balayer le visage de la vieille, la plongeant dans l'ombre au gré du balancement du fauteuil, où continuaient de briller ses pupilles.

Osseuse, fine, au regard vif, on aurait dit une mangouste.

J'avais déjà vu une de ces bestioles mettre en fuite une paire de lionceaux qui avaient voulu la prendre en tenaille pour jouer.

Visiblement, l'hôtesse nous attendait.

Le chef Albert me poussa devant lui.

– Voici l'homme qu'il te faut.

Elle cessa de se balancer, posa sa pipe sur un tabouret, près de la lampe. Elle me considéra un temps depuis sa place, comme louchant à travers la fumée, la lippe pendante, sans un mot. Soudain, sans que je la voie venir, elle jaillit de son fauteuil avec une agilité étonnante pour son âge. L'image de la mangouste se confirmait. Elle vint se placer frontalement devant moi. Elle m'arrivait à peine sous le menton. Elle commença à tourner autour de ma personne, me humant sous toutes les coutures comme un chien flaire un os. Je me prêtai de bonne grâce à l'inspection mais, au fond de moi, j'étais inquiet.

– Ton nom ?

– Ladarius, réussis-je à dire en avalant avec peine ma salive.

Elle se tourna vers le chef Albert.

– On peut lui faire confiance ?

– Ladarius fera un bon *fisi*, je réponds de lui, assura le chef.

Ce mot, échappé une fois ou deux de la bouche des femmes, ne me renvoyait à aucune réalité connue. J'avais bien essayé de questionner la femme du chef à ce sujet, mais son visage s'était fermé, elle avait secoué la tête avant de me quitter sans me saluer. Je l'avais pris pour une fin de non-recevoir.

La vieille se racla la gorge.

Je m'apprêtai à demander des explications quand elle mit la main sur la boucle de ma ceinture qu'elle dégrafa promptement. Mon pantalon alla bâiller sur mes chevilles. Elle descendit mon caleçon. Je reculai, surpris, et faillis me casser la figure en m'emmêlant les pieds dans les jambes de mon habit. Je me retrouvai acculé contre le mur, les fesses à l'air. Ridicule.

La vieille prit mon sexe dans sa main gauche, qu'elle sembla soupeser en même temps qu'elle l'auscultait. Elle me décalotta et je la vis flairer mon gland. Je sentais mon sexe se ratatiner dans sa paume. Elle se mit à masser doucement mon membre, puis, plus vigoureusement. Sans que je puisse exercer la moindre volonté, je me sentis grossir et raidir sous la caresse. Il me fallut une poignée de secondes avant de cracher ma semence. Je vis la vieille sourire. Plus que sa branlette, son sourire me dégoûta. Elle sortit un morceau de tissu de sa manche et s'essuya la main. J'étais honteux.

Elle se retourna vers le chef Albert, tandis que j'essayais de récupérer mes esprits et de remettre de l'ordre à ma tenue. Je ne comprenais rien à ce qui venait de se passer.

– Il m'a l'air vigoureux. Je crois que ton Ladarius fera l'affaire.

J'aurais voulu avoir mon mot à dire, interroger l'un et l'autre pour savoir ce qu'on attendait de moi. Après avoir défloré les neuf filles du chef, il m'indisposait que mon destin soit scellé à cette vieille sorcière pour qu'elle me branle quand ça lui chante.

Elle se retourna alors vers moi jugeant sans doute qu'il était temps de me livrer quelques explications.

– Ladarius, écoute-moi. Je dirige ce camp. Il s'agit d'un camp de vacances pour jeunes filles. Ici, elles apprennent tout ce qu'une femme doit savoir pour satisfaire son époux et le garder au foyer. Les filles sont vierges et en parfaite santé. Au terme de leur apprentissage, elles sont soumises à un dernier rite, le *Kusasa fumbi*, un rite de purification. Après une journée de jeûne, une décoction de plantes, à la nuit tombée, la jeune fille est déflorée par le *fisi*.

Elle se tut pour me regarder droit dans les yeux.

– Ladarius, tu seras ce nouveau *fisi*.

Avaïs-je mon mot à dire ? M'accordait-on un délai de réflexion ? Ou devais-je signer avec mon sang un contrat qui m'engageait sur des années et dont ma virilité serait mon seul outil de travail ?

Mais, au lieu de protester, je m'entendis demander ce qui était arrivé au dernier *fisi*.

– Il est mort.

– Mort ?

– Son cœur a lâché.

– Mais…

Elle posa un doigt sur mes lèvres.

– Maintenant, ne pose plus de questions. Tu dois te sentir honoré d'avoir été choisi. Le *Kusasa fumbi* est une pratique ancestrale sacrée, voulue par nos Fétiches. Grâce à toi, les foyers connaîtront la prospérité. Les familles t'en seront reconnaissantes. Elles te paieront pour ça. Tu gagneras bien mieux ta vie que lorsque tu étais pêcheur.

Je devais me rallier à ses arguments. Avais-je le choix ? Le chef Albert ne voulait plus de moi au village. Il m'avait dépossédé de ma barque. Je n'avais aucune famille, aucun endroit où aller.

Me soustraire à ce qu'on attendait de moi m'attirerait des ennuis. Il est facile de faire disparaître un homme sur une île ; personne ne m'avait vu y mettre le cap en compagnie du chef Albert.

La pieuvre, encore une fois, aurait bon dos.

Une porte sur ma droite m'intriguait, derrière laquelle se tenaient peut-être des hommes aux ordres de la vieille, des mercenaires, prêts à se jeter sur ma personne pour me faire un mauvais sort si je refusais.

Ma curiosité n'avait pas échappé à la vieille. Elle me déclara, avec un clin d'œil de connivence :

– Demain, je te présenterai à ma fille. Yvonne t'apprendra tout ce que tu dois savoir. En attendant, ce soir, tu dormiras ici.

Elle me désigna une natte dans l'ombre.

– Il est tard, Yvonne te montrera ta cabane demain. Les filles ne doivent pas savoir qu'il y a un homme sur l'île. Tu entreras en contact avec elles quand je jugerai le temps venu. Alors, il y aura une nuit, une seule que tu devras passer avec chacune d'entre elles…

J'entendais, comme en écho, le chef Albert m'ordonner de coucher une nuit avec ses filles.

Une nuit unique.

Je me tournai vers le chef, presque machinalement, pour lui faire mes adieux, lui confier un dernier message pour Albina… mais il avait disparu.

7. Yvonne

Quand je m'éveillai, le visage d'une femme me souriait.

À genoux près de ma natte, Yvonne buvait un thé dont l'odeur de feuilles âcres m'avait tiré du sommeil.

Alors, s'animant à la lumière matinale, semblables aux images d'une lanterne magique, les faits de la veille me revinrent en bloc. L'arrivée en bateau, la marche dans les ténèbres caillouteuses, la découverte du camp, la vieille, mon sexe dans sa main, la porte de la chambre d'Yvonne et la paillasse sur laquelle je m'étais écroulé abruti de sommeil.

Mis bout à bout, leur enchaînement ajoutait un nouvel épisode à mon histoire. Je renouais avec la tragédie de mes premières années. Certes, j'avais échappé aux flammes du foyer natal, mais, en touchant la cendre de mes morts, enfant-sorcier, je celais mon malheur.

La générosité du chef, qui m'avait fait entrer dans sa famille avant de m'offrir ses filles l'une après l'autre, était un cadeau empoisonné ; et, Alba, Albane, Albena, Albertina, Albertine, Albina, Albine, Albion, Alby : un galop d'essai.

En vérité, je comprenais que les Fétiches ne m'avaient pas oublié. Je les amusais. Ils raccourcissaient mon licou d'animal captif : tantôt ils m'accordaient un peu de longe, m'illusionnant de liberté, avant de me stopper net dans mon élan. Ma naïveté ajoutait à leur divertissement.

Après la période paisible d'une vie passée sous la protection du chef Albert, quoique pauvre pêcheur mais vivant dans le sillage d'Albina dont la présence m'éclaboussait du jus sucré de mangue, Alby avait été le signal du désastre à venir. J'avais dû endurer griffures, crachats et son mépris avant de la soumettre par la force. Je n'étais pas fier de moi. Le sentiment de mon exil avait été décuplé par cette traversée de nuit jusqu'à l'île des Pierres, le plus sinistre des cailloux posés sur l'immensité du lac. La plage remontée en silence avait accru mon malaise ; notre arrivée dans un camp retranché, tenu secret, équivalait à un enterrement de mon vivant. L'humiliation quand la vieille avait fait tomber mon pantalon ; et, pour finir, la disparition du chef Albert vécue comme un abandon.

Je perdais pour la deuxième fois une famille, surtout, j'avais perdu Albina.

Yvonne dut sentir mon désarroi.

– Tu veux du thé, Ladarius ?

Sa voix était chaude et veloutée.

J'acquiesçai, refrénant presque un sanglot.

J'observai alors Yvonne affairée devant le foyer.

Peu à peu, je récupérai mes esprits, fasciné par sa beauté. Je n'avais jamais été attiré par les jeunes filles du village, me gardant bien d'en choisir une pour épouse tant que je ne me serais pas acquitté de ma dette envers le chef Albert. Aussi n'avais-je eu affaire qu'à des adolescentes pubères que je considérais comme mes sœurs. Le chef Albert m'avait conforté dans cette pensée en m'interdisant d'entretenir une relation suivie avec celle qui aurait pu avoir mes faveurs. Mais la vraie raison de mon célibat, n'était-elle pas la peur que j'avais de me voir refuser par les pères la main de leur fille ?

Je l'ai dit, j'avais touché la cendre de mes morts, j'étais un paria, un enfant-sorcier.

Yvonne était bien différente des femmes que je connaissais.

Bien que proche de la quarantaine, sa silhouette conservait l'allure d'une jeune fille. Son corps n'était pas alourdi par les grossesses. Sa poitrine était ronde et pleine. Elle avait le ventre plat, le tour de taille gracieux. Lorsqu'elle me tourna le dos pour faire infuser les feuilles, je pus admirer la cambrure de ses reins, son dos étroit et musclé, ses fesses rebondies. Elle était grande, souple comme une liane.

Comment cette femme si magnifique pouvait-elle être la fille de la vieille ?

Yvonne était le premier visage de mon premier matin d'une nouvelle vie. Son sourire, du miel sur mon cœur orphelin.

Pourtant, elle aurait pu être ma mère dont je ne conservais aucun souvenir. Car convoquer son image, c'était revoir un visage aux traits fondus, noirci et boursouflé de cloques.

Je m'étonnai alors qu'une telle femme habitât toujours sous le toit de sa mère. Où était l'homme ? Où était l'époux ? Avait-elle des enfants ?

Yvonne revint vers moi et me tendit une timbale dont j'attrapai l'anse pour ne pas me brûler tout en admirant le fuseau de ses doigts couronnés d'une touche vermillon.

Je la remerciai d'un signe de tête.

– Tu as faim ?

J'opinai. J'avais perdu ma langue. J'étais devenu l'idiot du village. L'idiot de l'île des Pierres. Une gifle m'aurait ramené à moi. Une gifle d'Yvonne...

Mais comme chacun sait ici, donner une gifle à un fou, c'est risquer de le devenir à son tour.

Yvonne me troublait. Si j'avais laissé disparaître les terres du rivage familier pour un horizon incertain, cette femme n'était-elle pas l'île espérée par le navigateur ?

Je me surpris à la désirer. Désirer comme un homme peut désirer une femme avec une furieuse envie de plonger au cœur des ténèbres de sa vulve, m'abreuver à la source, me découvrir mortel en même temps qu'éternel. Rire de ma mortalité en mille éclats de foutre.

Je bandais. Mon sexe était une branche d'acacia, un bois qui ne ploie ni ne casse.

Ignorant l'état de transe béate qu'elle produisait sur moi, Yvonne me servit un beignet de banane matooke déposé dans une feuille de bananier. Je m'assis sur la natte, espérant lui dissimuler mon érection.

Elle me regarda manger tout en avalant son thé par petites gorgées. Je pensais qu'elle avait eu tout le loisir de me détailler pendant mon sommeil. J'eus honte, soudain, de porter depuis trois jours le même maillot de corps sur un caleçon trop grand.

Soudain, un joyeux chahut me fit détourner la tête vers la fenêtre. Des rires, des voix cristallines montèrent jusqu'à moi. Des mains frappaient des récipients en plastique.

– Voilà nos filles, dit Yvonne.

Elle ne s'était pas détournée. Ses yeux noirs me sondaient avec un certain amusement.

– Tes filles ? demandai-je.

Elle secoua la tête en riant.

– Sot, aucune n'est de mon sang, mais je les aime comme si elles étaient sorties de mon ventre.

Je ne comprenais pas davantage.

Sous le charme d'Yvonne, j'avais oublié la charge de *fisi* qui m'incomberait désormais, ou l'avais-je rêvée ?

Ainsi que la vieille me l'avait promis, Yvonne commença à m'instruire sur la vie au camp.

Si la vieille en était la directrice, sa fille avait des parts dans l'affaire. Il n'y avait pas d'autre employé, aucun gardien, pas d'homme, excepté le *fisi*. Mon salaire dépendrait du nombre de jeunes filles séjournant dans le camp ; il serait calculé en fonction de la dot. Au mieux, je recevrais huit à dix milles kwachas par vierge initiée. Je me surpris à calculer que cela équivalait à une moyenne de dix dollars.

Je n'avais jamais été aussi riche.

Les adolescentes leur étaient confiées pour y recevoir une initiation sexuelle au terme de laquelle avait lieu un dernier rite de passage. Le *Kusasa fumbi*, un rite de purification. Ce après quoi, bonnes à marier, elles rejoignaient leur foyer.

Je m'étonnai de la durée du séjour, une semaine, parfois une dizaine de jours avant d'être dépucelées.

Yvonne sourit de ma naïveté.

– Si la nature a donné à l'homme son engin…

Yvonne avait baissé les yeux sur mon entrejambe.

– … et si elle a assigné la femme à en devenir le réceptacle, poursuivit-elle, l'homme en fait un usage rudimentaire. Visualise un fusil. Ton fusil est à un coup, Ladarius, et tu sais la gâchette sensible…

La vieille lui avait-elle raconté comment elle s'y était prise pour vérifier ma virilité ?

Je me sentis presque rougir.

Il est vrai qu'occupé à ma seule jouissance, je me souciais peu de ma partenaire. Mon excuse était la précocité des filles et leur totale inexpérience. Albina et Albion avaient été des exceptions. La première, je l'aimais ; la seconde m'avait rendu toutes mes caresses.

Donc, au camp, les gamines apprenaient le fonctionnement du barillet. Elles transformaient le fusil en un six-coups avec retardateur intégré.

Pouvais-je bénéficier de leçons, me demandais-je.

C'est comme si Yvonne avait lu dans mes pensées. Elle me précisa que les filles, placées sous la houlette de sa mère, bénéficiaient de leçons pratiques exceptionnelles, et que cet enseignement s'adressait seulement aux adolescentes. La vieille était une maîtresse expérimentée ainsi que j'avais pu m'en rendre compte. Je rougis une nouvelle fois devant l'allusion. Elle avait eu, après le père d'Yvonne, de nombreux amants auprès desquels elle essayait diverses techniques pimentées d'onguents de sa composition destinés à se les attacher. Des années durant son commerce avec l'autre sexe avait été prospère. Un jour pourtant, elle avait cessé ses galipettes ; un adolescent, fils de l'amant du moment, avait ri en l'apercevant traverser leur village, n'imaginant pas que son père et son grand-père aient pu coucher avec la même femme.

Le chef Albert avait-il été un des amants de la vieille ?

Yvonne acquiesça. Mais c'était de l'histoire ancienne. Ça remontait à avant mon adoption. Et si le chef était allé tremper sa canne à sucre ailleurs, c'est parce que son épouse n'avait pas été initiée. Alberte était issue d'un village du nord ; le *Kusasa fumbi* ne s'y pratiquait déjà plus. Ses maternités successives avaient donné à son ventre l'aspect d'un bois mort. Le chef

Albert était doté d'une belle essence, mais rien n'y faisait, le feu ne prenait pas, d'autant que l'épouse ne faisait aucun effort pour le retenir entre ses cuisses. Aussi n'avait-elle pu lui donner que des filles.

Au fur et à mesure qu'Yvonne me dévoilait l'intimité du chef, je comprenais non seulement d'où lui venait la connaissance de l'île, du passage où l'aborder incognito, mais je l'imaginais aussi venir s'épancher dans le giron de la vieille, et peut-être dans celui d'Yvonne.

À cette pensée, le dard d'une flèche me transperça la poitrine. J'étais jaloux du chef Albert. Ça ne m'avançait pas à grand-chose, sauf à trouver moins douloureuse la séparation.

Donc, la vieille apprenait le sexe aux jeunes vierges.

Quant à moi, je devrais me débrouiller seul pour entretenir mon fusil à moins de me le faire huiler par la bonne femme. Ce qui m'apparut inenvisageable.

Je brûlais de demander à Yvonne pourquoi elle n'était pas l'épouse d'un homme ? Pourquoi n'initiait-elle pas elle-même les filles aux choses du sexe ?

Mais la pudeur me retint.

Yvonne s'occupait de l'intendance et des contacts avec l'extérieur. Elle recevait les agents de l'État, ceux des services du ministère du Genre et de l'Enfance lorsqu'ils venaient mettre leur nez dans leurs affaires. Les adolescentes étaient prévenues, qu'elles se plaignent, qu'elles mentionnent la pratique du *Kusasa fumbi*, elles souffriraient de maux divers et les pires calamités s'abattraient sur les membres de leur famille.

Les rires et les cris s'éloignaient. Les jeunes filles étaient parties en promenade. Le groupe se rendait au point d'eau. Leur présence au camp ne les dispensait pas de la corvée ancestrale. Elles allaient y faire provision – à tour de rôle, l'une cuisinait pour toutes –, avant de se livrer à leurs ablutions et à quelques jeux.

J'avais beaucoup de mal à me représenter la vieille femme en organisatrice de jeux aquatiques.

De jeux érotiques.

Yvonne m'entraîna à sa suite. J'eus à peine le temps d'enfiler mon pantalon.

– Viens, je vais te montrer.

Le spectacle des filles à leurs ablutions faisait partie de mon apprentissage.

Quand nous sortîmes de la maison, la colonne avait disparu. Elle avait pris la piste s'enfonçant dans le bois, à l'opposé de la direction par laquelle le chef Albert et moi étions arrivés. Il ne fallait pas que les pensionnaires soient aperçues depuis le rivage par les pêcheurs. Aussi leur interdisait-on la plage et les baignades.

Sa mère n'avait pas choisi de s'établir sur l'île des Pierres par hasard. Elle en connaissait la mauvaise réputation qu'elles avaient toutes deux à cœur d'entretenir.

– Par nuits claires, nous allumons des torches et nous nous déplaçons parmi les rochers. Tout le monde s'imagine l'île déserte, aussi les feux laissent croire à des trafics. Qui aurait envie de mettre son nez dans des affaires de contrebande ? Les plus superstitieux prétendent que les lumières sont les yeux d'une pieuvre.

La peur que les hommes en avaient faisait bien les affaires des deux femmes.

En chemin, Yvonne m'apprit que les chefs de villages alentour connaissaient l'existence du camp mais ce qui s'y passait demeurait tabou. C'était l'affaire des femmes, comme l'étaient leurs menstrues, les grossesses et les accouchements. Peu d'hommes y entraient, parfois un chef ou un mari qui avait un souci avec une femme, une épouse stérile ou infidèle. Il venait demander après le *fisi*. Toujours de nuit, à l'insu des pensionnaires endormies dans le dortoir.

Car le *fisi* était le seul homme habilité à vivre à proximité du camp. Il pouvait y pénétrer lorsqu'Yvonne et sa mère estimaient qu'il était temps pour la jeune vierge de parfaire son éducation sexuelle.

En d'autres termes de « connaître » le *fisi*.

– C'est à toi que revient désormais cette tâche.

Son ton avait pris des accents graves.

Combien de *fisi* y avait-il eu avant moi, demandai-je ?

– Depuis vingt saisons sèches et autant d'humides, tu es le troisième. Le dernier est mort il y a deux mois. Il était vieux et malade du cœur.

Elle trouva inutile de me préciser que son cœur avait lâché en plein ébat. Je tiendrais l'information de la vieille. Pas de retraite pour le *fisi*. On l'était à vie si les Fétiches en avaient décidé ainsi.

– Le premier n'a pas supporté d'être le seul homme à vivre sur l'île.

Avec moi, ça n'arriverait pas. Depuis la disparition précoce de mes parents, la solitude était mon alliée. D'un naturel taciturne, j'avais vécu comme un ermite dans ma barque. Yvonne savait déjà tout cela, le chef Albert lui avait raconté mon histoire. Elle savait aussi pour le dépucelage des neuf filles du chef. J'avais fait mes preuves. J'étais donc le *fisi* idéal, sans attaches, dégagé de toutes obligations familiales.

Une dernière question me taraudait.

– Est-ce que toutes les filles ont affaire au *fisi* ?

Je craignais de connaître le sort de mon prédécesseur si je devais œuvrer à la chaîne.

– Tu rencontreras la plupart de celles qui logent au camp. Parfois une initiation ne va pas jusqu'à son terme pour des raisons que je n'ai pas à t'expliquer, Ladarius.

Je pensais qu'il s'agissait d'argent. Les familles payaient pour le camp, la nourriture, la natte occupée au dortoir, les leçons et les jeux, elles payaient aussi le *fisi*. Pour des familles pauvres, cela devait faire beaucoup d'argent, beaucoup de sacrifices, sans parler de la dot.

Yvonne poursuivait :

– Sur le continent, il y a des familles qui demandent après le *fisi*. Alors, tu seras amené à faire des déplacements. Un bateau effectue deux navettes par semaine.

Donc, je n'étais pas prisonnier de l'île des Pierres.

Quelque chose me tracassait pourtant en dépit des explications d'Yvonne. Pourquoi n'avais-je jamais entendu parler de *fisi* avant ? Je n'avais pas souvenir d'avoir aperçu un tel homme au village.

– Le *fisi* intervient à la demande des mères. Il reste discret. Les hommes ferment les yeux.

À mon tour de me fondre dans la nature, de m'y couler silencieusement comme un serpent dans les herbes. Lorsqu'on aurait recours à mes services, je pénétrerais dans le camp à la tombée de la nuit. À l'aube, je quitterais la case rituelle. J'allais emménager chez le dernier *fisi*. Mon logement de fonction. Yvonne viendrait m'y rencontrer pour organiser les rendez-vous.

Était-ce là que nous allions ?

– Je t'y conduirai tout à l'heure, Ladarius.

Il fallait d'abord que je voie les filles.

On les observerait dissimulés derrière les joncs. Elles ne devaient pas voir mon visage ni entendre ma voix.

Le *fisi* s'avance masqué. Ce n'est pas un métier mais une charge. Une vocation. Ainsi en avaient décidé les Fétiches.

Un honneur.

– Tu as l'honneur d'être cet homme, Ladarius. Montre-toi digne de la confiance que la communauté a placée en toi. Honore nos filles. Ainsi tu éloigneras d'elles le mauvais œil et les maladies. Tu vivras craint et respecté de tous, à l'égal d'un chef.

J'imagine que je devais me sentir flatté.

8. la danse des filles

Elles étaient six, six gamines enjouées, éparpillées sur le sable blanc du rivage. Égaillées dans le coude d'une rivière, au bord de laquelle, en s'évaporant, l'eau avait découvert un lit de sable fin pailleté de micas.

En réalité, il y avait sept pensionnaires, ainsi que je l'appris d'Yvonne. La septième était restée au camp. On l'avait enfermée. Une gamine récalcitrante qu'on allait s'employer à dompter… pour son bien naturellement.

Coups de verge, intimidation, régime sec, isolement…

Yvonne a voulu me rassurer.

– La plupart des filles sont consentantes. Le *Kusasa fumbi* est une initiation qui fera d'elles de bonnes épouses. Elles le savent. Mais parmi elles, une nature indocile, un tempérament vicieux peut émerger.

J'opinais.

Je portais sur mon visage les traces de ma nuit mouvementée avec la dernière fille du chef Albert.

Accroupis dans l'herbe, nous demeurions invisibles. Au début, je fus gêné par la présence d'Yvonne à mes côtés, la chaleur de sa hanche contre la mienne, l'odeur de sa peau, son souffle me troublaient davantage que le spectacle offert à mes yeux.

Les filles avaient roulé leur tunique sur leurs reins. Elles offraient leurs petits seins pointus au ciel et au soleil. D'autres, défaites de leurs robes, portaient une simple culotte blanche, jaune ou rose en coton ; un bouton floral entre leurs cuisses longilignes qui contrastait avec leur carnation naturelle. L'eau leur dégoulinait des nattes. Tout entières dans leurs jeux aquatiques, elles sautillaient, battaient des mains, s'éclaboussaient et cherchaient à se déséquilibrer mutuellement.

Elles étaient encore des enfants. Des gamines, pas encore des femmes. Innocentes dans leur insouciance juvénile.

Ça piaillait, babillait, gazouillait, cacabait, trissait à qui mieux mieux. Une véritable volière !

Le camp était une pause dans leur vie de labeur, une parenthèse de quelques jours. Dans leurs prières, elles n'oublieraient pas de bénir leurs parents pour leur avoir offert ce séjour.

Je devais comprendre que le *Kusasa fumbi* serait une formalité, comme un diplôme. Un rite de passage programmé à la toute fin du séjour avant leur retour au village. Il scellait leur condition de femme. Il faisait partie de la marche naturelle des choses.

En attendant, les jeux et leur cercle exclusivement féminin aidaient à en oublier le terme.

J'imaginais que si elles redoutaient bien un peu de rencontrer le *fisi*, Yvonne et sa mère le leur faisaient miroiter comme l'antidote au mauvais œil.

Connaître le *fisi* était un privilège.

Elles finissaient par en être curieuses, s'excitaient à l'idée de le rencontrer, d'être adoubées par un homme viril désigné par la communauté, et qui ferait d'elles des femmes. Des femmes recherchées par les hommes. Elles s'endormaient sur ce rêve de bonheur familial.

D'autant que toutes n'avaient pas cette chance, leur disait-on.

Dépucelées par un homme expérimenté, on les louerait de perpétuer ainsi la tradition. Un jour, leurs mères, leurs grands-mères, leurs aïeules avaient eu affaire au *fisi*, sans lequel elles n'auraient trouvé ni époux ni épanouissement dans la maternité. Elles étaient nées parce que le *Kusasa fumbi* avait permis que le *fisi* trace son sillon entre les cuisses de leurs mères. Entre ces mêmes cuisses, leur père n'avait pas craint d'y déposer ensuite sa graine. Le *fisi* avait préparé la voie, en éclaireur. La nature humide de la femme et le feu de l'homme avaient donné naissance à une nouvelle famille.

Assurément, je ne comprenais pas toute l'importance de ma charge à l'heure où je découvrais les gamines au bord de la rivière, mais je devais en apprendre davantage sur mes attributions, les années passant. On m'assurerait que j'avais ma place dans le fonctionnement de la communauté. Et pour un sans-parents, un paria tel que moi, cette promotion subite ne pouvait que me réconcilier avec moi-même. D'enfant-sorcier, j'accédais au statut de guérisseur des familles.

La vieille surveillait son petit monde, assise sur une souche. Elle paraissait en être une extension. Exit la mangouste, elle avait la placidité du crocodile, les mêmes yeux jaunes, sa rugosité. Son menton reposait sur ses mains jointes au-dessus de sa canne. Son bâton était un artifice, une arme davantage qu'une aide à la marche, si, d'aventure, un individu étranger au camp, un homme approchait les vierges.

Un moment ses yeux vinrent balayer dans notre direction. Je crus voir passer un sourire sur son visage. Elle nous avait repérés. Mais cela ne la contrariait pas, au contraire, la phase d'observation à laquelle j'étais invité faisait partie du processus. Il me fallait m'accoutumer aux filles, apprendre à tenir ma place, à contenir mon élan, ma fougue et mon feu.

Alors, sur un claquement de ses doigts, les gamines se rangèrent en arc de cercle autour d'elle.

Elles cessèrent aussitôt leurs cris et leurs jeux. Même les barbicans et les pygargues ne donnaient plus de la voix. Tous étaient dans l'expectative.

Quant à moi, je me dissimulai du mieux que je pouvais et si j'avais pu, j'aurais cessé de respirer.

Les filles avaient entre dix et douze ans, peut-être treize pour les plus âgées. Leurs seins étaient petits et pointus, l'aréole et le téton confondus, inséparables de la chair de la poitrine. C'étaient des seins de vierges tout juste pubères.

Je dois dire que ces seins-là ne réveillaient aucune excitation en moi. C'était le but. Je devais accomplir les choses du sexe sans amour, mécaniquement, m'allonger sur la jeune fille, bander sur commande, la déflorer – la vieille ne manquerait pas de vérifier la tache de sang sur la natte. Je sortirai de la case rituelle sans mot dire, sans saluer, sans qu'aucune parole ne fût échangée entre la fille et moi, ou la vieille. Disparaissant une fois ma mission accomplie.

Mon forfait accompli ?

La proximité d'Yvonne me donnait chaud. C'est pour elle que je bandais maintenant. Les torses nus des adolescentes n'y étaient pour rien.

La vieille frappa dans les mains. Je sursautai. Yvonne me poussa du coude. C'était un privilège d'assister à ce qui allait suivre. D'en être l'unique spectateur mâle.

La vieille quitta sa souche. Elle se plaça en milieu des filles. Elle commença une danse, les mains sur les hanches, s'appliquant à les rouler d'un bord à l'autre, dans un déhanchement assez lascif, d'une étonnante souplesse vu son âge. Les gamines l'imitèrent aussitôt, pouffant, un peu gênées de s'offrir en spectacle dans des postures aguicheuses. Certaines, plus novices, se montraient maladroites et dansaient à contretemps ; les plus aguerries étaient souples. La vieille frappa dans ses mains, tantôt se balançant à droite, tantôt à gauche, elle imprimait un quart de tour de rotation à ses hanches à chaque mouvement. Les filles en faisaient autant. La vieille chantait. Un chant guttural, les filles un chant clair. Toutes se balançaient en frappant dans leurs mains en cadence. Et puis, soit emportées par leur danse, soit réceptives aux sons étranges émis par la vieille, elles entrèrent en transe. Elles arrêtèrent de frapper dans leurs mains, mais continuèrent de danser en se jetant ventre contre ventre, sein contre sein l'une contre l'autre. La vieille frappait plus fort, plus vite. Les filles trépignaient, sautaient, se heurtaient en un rythme déchaîné, secouaient la tête, leurs nattes désaccordées à contretemps des corps.

Si les filles m'avaient fait penser à des poules tout à l'heure, elles étaient maintenant de jeunes coqs montés sur leurs ergots qui se défiaient poitrail contre poitrail, jabot contre jabot.

Et puis tout s'emballa. Dans un tohu-bohu, un désordre terrible, les gamines se trémoussaient, se frottaient les unes aux autres. Elles portaient leurs seins en coupe vers le visage de leur sœur accroupie qui s'en saisissait à pleine bouche, elles partaient en arrière, donnaient des coups de reins. Leur cercle était rompu depuis longtemps, elles dansaient l'une en face de l'autre. La sueur ruisselait sur leur dos, leurs reins, entre leurs seins.

Une danse saccadée, hystérique.

Je compris tout à coup qu'elles mimaient l'acte de copuler.

Je n'avais jamais vu des femmes se frotter entre elles, ni imiter un simulacre d'accouplement. Car c'était bien de cela qu'il s'agissait.

Je sentis mes joues s'empourprer, mon sexe durcir. L'idée me traversa de venir me joindre à elles.

Yvonne ressentit-elle mon désir ?

Elle me prit le bras pour me soustraire brutalement à la scène.

– Viens, Ladarius, me commanda-t-elle, tu en as assez vu pour aujourd'hui.

Derrière moi, la mélopée de la vieille, les soupirs, les gémissements des filles se poursuivaient.

Et je les entendrais hanter mon sommeil d'homme les premiers soirs de mon installation dans la cabane.

9. le bateau

J'ai fini par m'endormir, ballotté par les cahots de la piste, au son de cette mélopée que la vieille entame pour mettre les filles en transe bien que je n'y assiste plus depuis longtemps.

Un sommeil sans rêve. J'avais épuisé les images.

Quand le taxi-brousse a stoppé, le nez du véhicule pointé vers le ponton, je ne me suis pas réveillé. Une main sur mon épaule m'a sorti de ma nuit :

– Hey, man, ton terminus !

Putain, il m'a fait peur, le zombie ! J'ai cru mon heure arrivée.

Je me suis redressé sur mon siège. À travers le pare-brise, le lac se découvrait avec ses lambeaux de brume flottant sur les eaux métalliques. Au loin, le cône de la montagne de l'île des Pierres m'est apparu comme un colosse.

Je me souviens l'avoir gravie un jour avec Yvonne. C'était quelque temps après mon arrivée, et la veille de ma première initiation au *Kusasa fumbi*. Je ne sais si c'est parce qu'Yvonne voulait que je découvre l'étendue de cette île gynécée sur laquelle elle et sa mère veillaient, leur royaume dont j'étais l'unique serviteur, ou pour que je prenne de la hauteur, que j'élève mon esprit en saisissant l'importance de ma mission. Que je m'en trouve en quelque sorte ragaillardi, anobli par l'honneur que les Fétiches m'accordaient en me choisissant, moi, l'enfant-sorcier, l'enfant des orages.

J'avais été surpris par toute cette verdure qui s'écoulait sous nos pieds, si vert que c'en était éblouissant, plus éblouissant que les eaux cielleuses du lac, que le ciel même. L'île devait sa fertilité à l'ancienne activité du volcan. Yvonne m'avait indiqué, à l'ouest, dans la plaine, les bâtiments du camp. Le dortoir des filles formait un rectangle allongé. Il faisait face à la maison d'Yvonne et de sa mère, et, isolée, minuscule, la case rituelle. Mon logis n'était pas visible, tapi sous les frondaisons à l'autre bout de l'île. J'avais suivi des yeux la piste conduisant à la rivière, une cicatrice dans le tapis vert. Derrière nous, étendu à perte de vue, le lac devenait mer. En contrebas, la crique où nous avions accosté, le chef Albert et moi. Droit devant nous, on voyait la brèche dans la végétation menant à l'embarcadère où commençait la piste de latérite, et, minuscules, des pirogues jetées comme une poignée de brindilles en travers des eaux.

Là-haut, saisi de vertige, impressionné par la beauté, je n'avais pas osé dire à Yvonne que j'étais amoureux d'elle. L'occasion ne se représenterait plus.

Je n'étais pas né pour avoir une femme à moi, pas plus Albina qu'Yvonne. Il fallait me résoudre à parler en *fisi*, à manger en *fisi*, à dormir et rêver en *fisi*, à bander en *fisi* et à mourir en *fisi*…

Voilà. Je venais de faire défiler les vingt premières années de mon existence, comme un homme à l'agonie, à la faveur d'une distorsion du temps, voit sa vie se dérouler devant ses yeux avant de les fermer définitivement.

Une vie en une fraction de seconde. Une poignée de sable. Cendre et poussière d'os. À quoi ça tient ?

Je suis descendu du Combi un peu sonné. Le chauffeur m'a rattrapé pour me tendre le sac de la pharmacie. Je lui aurais bien dit de le garder. Mais qu'est-ce qu'il en aurait fait, sauf à revendre les plaquettes sur un marché parallèle ? Il n'existe pas de pilule miracle pour rendre l'ébène aux albinos.

Le taxi-brousse a fait une marche arrière ; il s'est garé sur un terre-plein dans le sens de la marche. Le chauffeur en est redescendu. Je l'ai vu s'en griller une, adossé à la portière.

J'ai commandé une friture de petits poissons au camion du Hollandais. Il me restait quelques pièces au fond de mes poches.

Heureusement, car le bonhomme n'est pas connu pour faire crédit.

Un drôle de type, ce Hollandais. Pas le genre liant mais réglo. Un mec qui devait en voir défiler de drôles de zèbres devant son food truck, des zèbres dans mon genre, mais la discrétion assurée.

– *L'ombre du zèbre est sans rayures,* a coutume de dire la vieille.

Aussi tout le monde vivait en paix. Moi, le *fisi,* y compris.

Pourquoi le Hollandais avait-il atterri chez nous, un jour ? Mystère.

Il s'était posé là, au volant de son camion, parce qu'il n'avait plus d'essence pour faire la route dans l'autre sens. Des pêcheurs avaient proposé leur aide. Du gasoil, ils en avaient dans leurs jerrycans. Il avait refusé tout net. À la place, il leur avait offert des bières conservées au frais dans une glacière. Il fêtait sa nouvelle vie.

C'est ce qu'on m'a raconté.

Si ça se trouve, l'homme était un criminel, un bandit recherché par toutes les polices du monde, un traître ou un repenti.

Que dans une autre vie, il ait été un sale type, ça n'avait l'air de déranger personne. Peut-être aussi qu'on se gourait sur toute la ligne. On ne pouvait pas exclure une histoire de femme.

Les pêcheurs l'ont surnommé le Hollandais, rapport à la plaque d'immatriculation du camion. L'homme l'a enlevée depuis. C'est même une des premières choses qu'il a faite avant de bricoler son camion en food truck. Des fois qu'un petit malin ait l'idée d'aller se rencarder sur son propriétaire.

Il la conserve dans la boîte à gants au cas où ça lui reprendrait, comme une envie de pisser, de tracer la route. Il a vendu les quatre roues, plus celle de secours, posé le camion sur des cales ; et c'est devenu sa maison.

Et une gargote le jour.

À force, il a appris notre langue. Avec sa coiffure rasta, ses cheveux qu'on dirait du chanvre, son visage cuit par le soleil et les humeurs lacustres, il pourrait passer pour un métis.

Mais pour nous, ça reste le Hollandais. Le food truck du Hollandais.

Je mange ma fricassée en silence. Je sens parfois son regard se poser sur moi. Bien sûr qu'il connaît la vieille, Yvonne et le passeur, et tous les pêcheurs, plus une bonne partie des rangers et quelques braconniers. Son camion, au Hollandais, c'est peut-être un camouflage mais ça reste surtout un bon poste d'observation. Des filles, il doit en voir défiler, dans un sens, puis dans l'autre.

Le chauffeur me rejoint. Il commande un riz au gras et deux bières. Il m'en offre une. Je lui dis que je n'ai pas d'argent pour payer ma tournée.

– Je te l'offre de bon cœur, man. J'ai ici un petit colis qui va me rapporter une jolie commission…

Il me montre sa besace.

Le Hollandais se retourne, ses yeux s'allument.

– Ouais, man ! J'ai ton putain de livre. Mon pote libraire a dû le commander sur un site. Une traduction en anglais comme tu m'as demandé.

Le chauffeur sort un livre cartonné. Sur la couverture, le visage d'un adolescent au teint pâle et aux yeux clairs.

Deux billets de dix dollars passent d'une main à l'autre.

Je ne connais personne qui donnerait vingt dollars pour un foutu bouquin. Je n'en ai pas lu depuis l'école. Un foutu bouquin justement. Une histoire de perle qui n'apporte que du malheur à une famille de pêcheurs. Peut-être un avertissement du maître pour ne pas oublier qu'un tronc d'arbre flottant dans la rivière, même longtemps, ça ne fera jamais un crocodile. Ou l'inverse.

– Notre ami lit des poèmes, tu crois ça, toi, de la poésie !

Le Hollandais ne s'occupe plus de nous. Il s'essuie les mains avant de feuilleter le livre. Ses lèvres remuent. Comme s'il priait.

L'albinos pérore :

– Des poèmes écrits par un griot blanc venu chez nous, en Afrique, faire du trafic d'ivoire, d'armes et d'or. Peut-être bien aussi de filles.

Je ne sais pas s'il existe des *fisi* chez les Blancs.

– Un colon ? Je demande.

L'albinos secoue la tête.

– Non, pas le genre.

L'homme n'aura pas poussé jusqu'à nos lacs, il n'aura pas eu le temps. Pas eu l'envie.

Les poèmes du griot blanc ne parlent pas d'Afrique.

– Le type est revenu mourir dans son pays à cause d'une blessure mal soignée. La gangrène s'est foutue dans sa jambe. On l'a coupée, mais c'était trop tard. Le bonhomme était tout pourri de l'intérieur… Un putain de destin, il conclut.

Le Hollandais relève la tête. Peut-être pour ajouter quelque chose. Ou pour nous lire un poème. Partageux de la chose. Mais il n'en fait rien. Moi, j'aurais bien voulu pourtant. Histoire de terminer sur une bonne note.

Tout pourri de l'intérieur…

Car les mots de l'albinos résonnent étrangement en moi.

Je termine ma fricassée de poisson en pensant au griot blanc. J'essaye de faire coller sa figure d'adolescent avec celle d'un aventurier au teint buriné. Mais c'est le Hollandais qui finit par m'apparaître.

Je trinque avec le chauffeur. Je laisse l'assiette sur le comptoir, l'albinos avec le Hollandais. Je m'éloigne du camion.

J'ai encore deux heures à tuer.

Tout pourri de l'intérieur.

Je viens me planter face au lac à attendre que le bateau pointe son étrave. Au loin, je discerne les pirogues des pêcheurs. J'en compte sept. Les eaux sont calmes. Le vent est resté dans les montagnes. Une pirogue est amarrée au ponton. Bercé par les clapots, son flanc toque doucement contre la pile.

Tout pourri de l'intérieur.

Au retour de pêche, les hommes vendront la poiscaille, leur menu fretin au Hollandais. Souvent, ils la lui cèdent contre une bière ou un bol de riz au gras. Les grosses prises, les plus belles, les chambos, les poissons-chats sont destinés aux grossistes. Ils arriveront en triporteurs, leurs glacières calées sous des bâches. La gargote du Hollandais s'animera au rythme des transactions et de la bière. Ce sera l'heure où le bonhomme fait des affaires. Moi, je serai déjà sur l'île des Pierres.

Tout pourri de l'intérieur.

Je m'assois sur le ponton ; les semelles de mes sandales effleurent la surface que j'agace du talon. Une flottille de canards s'étire vers le large. Des poissons viennent gober des insectes. Leurs grosses lèvres pâles trouent un instant la surface. Les bulles d'air s'évanouissent dans un imperceptible bruit de succion. Parfois, l'une d'elles dérive, s'entête dans sa navigation avant d'achopper sur une herbe marécageuse qui, aussitôt, l'éventre et la crève.

Tout pourri de l'intérieur.

Des voix montent derrière moi. Les villageois commencent à affluer pour prendre place à bord du taxi-brousse. Je repère parmi eux une femme et sa cage à poules. Elle refusera de l'attacher sur le toit du Combi, comme l'autre, hier. Et la poule sera offerte à la fille ou la belle-fille, à une parente de la ville, pour être servie avec du riz et des haricots rouges.

La Terre continue de tourner, même si tout ne tourne pas rond.

Tout pourri de l'intérieur.

Car tout est recommencement. Tout est spectacle.

Avec ou sans moi.

Tout pourri de l'intérieur.

Le chauffeur est grimpé sur le toit du Combi. Des hommes lui tendent un vélo, un matelas, une malle en osier, des sacs ventrus et bariolés. Une femme s'éloigne en montrant du doigt le chauffeur ; son homme, ses enfants la rattrapent, l'entourent, ils la supplient.

Une heure passe. Le Combi est parti. Il est parti sans la femme.

Je dodeline de la tête. Je me déchausse et mets les pieds dans l'eau.

Tout pourri de l'intérieur.

Une autre heure passe, puis c'est la sirène du bateau en approche qui retentit. Les pirogues s'écartent. Les hommes font des grands gestes. Pour qu'il n'accroche pas leurs filets avec son étrave.

Le bateau se présente à bâbord et accoste en douceur, le choc amorti par les pneus pare-battages. Peut-être les pneus du Hollandais. Je me relève, ankylosé par l'attente. Je remets mes sandales. J'attrape la corde lancée par le capitaine et je la passe à un anneau du ponton. Le passeur descend à terre. Je monte. Je suis son seul passager. Pour l'instant. Le seul passager *tout pourri de l'intérieur*. Le moteur tourne au ralenti, je sens ses vibrations sous mes pieds. Le passeur est allé déjeuner au food truck. Je ne suis pas pressé.

Je pense à Yvonne qui viendra m'accueillir. Elle sera la première à qui je le dirai :

– *Tout pourri de l'intérieur.*

En mon for intérieur, je remercie l'albinos pour l'économie de ces mots. Rien de moins clinique que cette formule lapidaire.

Mon outil de travail est en berne. Je rends les armes. La hyène raccroche.

Et j'emmerde la vieille !

Tiens, quand on parle du singe, on en voit la queue, dit-on.

Car la voici, l'antique mangouste, qui apparaît au bout de la piste. Elle pousse une fille devant elle. Il faut que la gamine soit quelqu'un d'important, ou l'enfant d'une parente, pour qu'elle ait quitté son gynécée.

La vieille marque un temps d'arrêt. Elle m'a reconnu. Le passeur vide d'un trait sa bière. Il salue le Hollandais et les rattrape.

Leur trio chemine vers le bateau. J'abaisse mon chapeau sur mon nez. Le bateau tangue, le passeur a sauté sur le pont. Il aide d'abord la fille à monter, puis c'est le tour de la vieille. Elle me jette un regard torve que je saisis à travers les fibres de la paille tressée.

Elle ne s'attendait pas à me voir si vite de retour et encore moins à devoir voyager en ma compagnie.

Un *fisi* et une fille ne se rencontrent jamais en dehors de la case rituelle. C'est la règle d'or.

Je m'efforce de passer pour un passager lambda. Que la vieille se rassure.

Le passeur joue le jeu. Tous deux entament une conversation sur le ciel et les affaires. Je ne les écoute pas.

Mais le regard en coin, sous mon chapeau, j'observe la gamine.

C'est donc toi, petite, ma dernière vierge.

La dernière vierge du condamné, ma dernière flèche ou cartouche, ma dernière cigarette.

Celle-ci m'a l'air dégourdie. À voir son regard, les flammèches passer dedans, on comprend que les idées viennent lui tourner autour comme des mouches.

Faut voir comment elle me mitraille de ses deux billes noires. Pas un regard en dessous, un bien franc du collier. Qui harponne, s'accroche telle la tique sur un chien.

Je la devine sur ses gardes. Fébrile. Prompte à détaler.

L'antilope gracile renifle en moi le prédateur. L'homme-hyène.

Je souris.

La part de l'antilope revient toujours à la hyène…

Sagesse populaire.

LE *KUSASA FUMBI*

1. le festin des hyènes

Dans les dernières éclaboussures du jour, une nuée d'oiseaux charognards remplit le ciel du fracas de leurs ailes.

Alertés par le cri de l'enfant, ils avaient rappliqué des quatre coins de l'Afrique : les vautours de Rüppell, ceux à capuchon, les griffons du Cap, les bateleurs des savanes.

Premiers arrivés, premiers servis.

Mais peu de grain à moudre, en vérité.

Ils s'étaient vite retrouvés en concurrence, se heurtant à grands coups d'ailes et de serres, forant de leurs becs, au hasard de la mêlée, les croupions de leurs congénères rompus à la danse du festin. Un temps, leur ballet avait voilé le ciel. Une nébuleuse de plumes et de duvets, où, dans le plus grand des désordres, indistinct de l'espèce, s'étiraient le bouquet hideux des cous violacés jaillis des collerettes mousseuses et l'acier des ergots acérés. Dans le creux des orbites, leurs billes d'ébène jetaient des feux déments. Enrouements et vociférations remplirent l'air déjà saturé de vibrations électriques.

Une fois à terre, ces oiseaux, gauches et veules, entamèrent une danse désaccordée, au déhanché bancal. Enfin, le roulis du collier de leurs jabots goitreux sonna la curée.

Puis, gavés de cris et de sang, chacun avait regagné son arbre ou sa colonie.

Tout était consommé.

Pourtant, les hyènes ne leur avaient presque rien laissé.

Les vautours avaient dû perforer les cailloux éclaboussés d'humeurs visqueuses pendant que les bateleurs emportaient des lambeaux de tissu, espérant y dénicher un copeau de chair, une épluchure de peau. Leurs panses à peine plus lestées que lorsqu'ils s'étaient portés sur les lieux du carnage.

Ça ne valait vraiment pas le déplacement ! Tout cet air brassé pour quelques miettes : des giclées, des rognures, des éclats d'os...

Table rase.

Le crépuscule s'ancrait tout à fait maintenant au-dessus des acacias. La nuit tirait le rideau. Le calme revenu, les buissons s'enflèrent de stridulations et, sous le fouissement des rongeurs, leurs rameaux s'agitèrent.

Mais quelque chose, comme des notes métalliques, remplissait encore l'espace déserté par les hyènes. Un léger déplacement de molécules : le cri de la muette avait transpercé le crépuscule.

Alors, remontant la piste à la suite du chien, les villageois s'étaient remis en marche. À la lumière des torches, les buissons d'épineux s'animèrent ; leurs silhouettes se décomposèrent en des mouvements métronomiques, telle une guirlande tressée de ténèbres épousant les contours d'un paysage en creux ; les arbres dansaient une chorégraphie silencieuse, pas moins saccadée. Dérangés par le feu des hommes, les pygargues se perchèrent sur des branches évidées de sève, avant de s'affaler comme des pierres sur le sol, où ils demeuraient un temps frappés d'hébétude.

Sur les lèvres des hommes, un goût de fer et de sueur. Chacun pouvait entendre le sang pulser à l'intérieur des veines de son voisin et le leur battre en contrepoint contre leurs tympans. La peur affolait les sens des petits à la mamelle. Parce qu'un tel cri, aucun enfant n'en avait poussé un pareil, ni de douleur ni de rage ; la gamme des notes leur demeurait à tous inconnue.

Un beuglement étouffé dans un sanglot.

La sirène d'un navire en perdition, même si aucun d'entre eux n'en avait jamais entendu.

Le remugle de la terre brassant la caillasse au creux de la fournaise.

Éperdues d'épouvante, les femmes murmuraient des prières ; elles invoquaient la clémence des Fétiches tout en escortant une Thabitha murée dans le silence qui remorquait ses cinq garçons.

Soudain, la clameur rieuse des hyènes s'éleva jusqu'aux étoiles. Puis leur galop de velours déchira les fourrés. Babines retroussées sur une mousse d'écume rosâtre, langues pendantes, les bêtes reculèrent dans les ténèbres.

Chacun, alors, hâta le pas.

Certains se souviendraient ensuite d'une journée moite et poussive, pour les hommes comme pour les bêtes, et tous se rappelleraient avoir cherché à économiser leurs gestes en prévision du moment où il faudrait courir pour se mettre à l'abri des cordes de pluie. Elles claqueraient sur le sol, tambourineraient leur staccato sur la terre dure comme du ciment.

Si la panse du ciel voulait bien crever dans la nuit.

Ah, ça valait bien la peine d'envoyer ce matin encore les femmes au marigot !

Et personne n'avait songé qu'il leur faudrait quitter nuitamment leur foyer à la recherche de la petite porteuse d'eau.

Le vent se leva. Comme s'il avait attendu le cri de l'enfant pour charrier son lot de nuages encalminés.

Lorsque les villageois firent cercle près de l'arbre, il n'y avait plus rien à sauver.

Une tache brunâtre sur la piste de latérite, des morceaux d'étoffe accrochés dans les épineux. Un bidon renversé. Le ruban vert de l'enfant.

L'orage de la nuit se chargerait de laver les dernières traces du festin des hyènes.

*

Le clan lui sera tombé dessus au couchant. Un incendie rouge et or allumait la savane. Épinglées dans le faisceau des rayons, des flammes de phosphore léchaient l'échine des robes tachetées.

Imagina-t-elle fuir en passant à travers l'obstacle de leur poitrail, comme à travers un rideau de feu ?

Les bêtes lui coupaient la voie, elles lui interdisaient toute retraite et fuite en avant. Pas d'issue possible sauf l'arbre, une passerelle verticale.

La gamine n'avait encore jamais grimpé à un arbre de sa vie, ni à une échelle. Elle était sujette au vertige à cause d'un dysfonctionnement de l'oreille interne. Probablement lié à la mutilation de sa langue. Et puis, ne lui aurait-il pas fallu acquérir la rapidité d'une mangouste pour se projeter dans les hauteurs en un seul élan ?

Alors, elle se tint immobile. De cette immobilité dépendait un bonus d'existence. Quelques secondes pour durer. Pour exister de tout son corps. Pour respirer, et tant pis si ce n'était qu'un maigre filet d'air mêlé à l'haleine infecte des hyènes. Elle débloqua doucement sa respiration.

Ça sentait le fauve et le suint, l'urine aussi.

L'enfant avait fait pipi dans sa culotte.

Elle se baissa lentement, posa son bidon, se redressa avec la même économie de mouvements. Se sentit plus légère et repensa à l'arbre dont elle percevait contre son dos la force tranquille.

Le marula, une échappatoire pour l'enfant-mangouste.

Mais il lui faudrait se retourner. Alors, les fauves en profiteraient pour se jeter sur elle et lui labourer le dos.

Pour l'instant, les bêtes se tenaient à distance, la hyène-Mère assise au centre du clan, la hyène-Fille arc-boutée à son flanc.

Toutes attendaient un signe.

Est-ce que le signal viendrait de l'enfant ou de la hyène-Mère ? De l'impatience ou de l'effroi, lequel marquerait le jour déclinant de son sceau ?

L'enfant restait tétanisée, les membres raidis. La peur infusait dans son corps liquide, ruisselait sous ses aisselles ; un souffle tiède venu de la savane plaqua le tissu de sa robe contre son ventre. Et ce fut comme une seconde peau mais sans la souplesse de l'autre, un carcan qui l'empêcherait, s'il lui venait l'envie, la force, de faire des moulinets avec ses bras.

La fillette était une proie facile. Une victime née, femelle dépourvue de griffes et de crocs, sans fourrure, sans ailes, sans détente à la course.

Pourquoi les hyènes ne jetaient-elles pas leur dévolu sur un troupeau de chèvres ? ou sur une gazelle imprudente ? Des proies dont elles étaient coutumières.

Pourquoi elle, pourquoi l'enfant, et pourquoi à cette heure ? Si jeune encore…

Mektoub.

Alors, la fillette fit un pas, un seul, vers la cheffe.

Accompagna-t-elle ce léger déplacement d'un cri qu'elle voulut bravache ?

Ce cri que les villageois entendirent depuis le marigot.

Dans l'intervalle, l'espace-temps où l'enfant fit un pas, décolla son pied de la surface plane, le maintint en suspens, déroula sa cheville avant d'attaquer le sol sur la pointe du talon, puis le talon entier, la voûte plantaire, le coussinet des orteils, et enfin les orteils, plaquant la gamme de cinq notes, do, ré, mi, fa, sol, une déflagration d'images mobilisa ses sens, escamotant comme par magie le clan des hyènes.

*

Alors, la hyène-Mère se jeta sur l'enfant, la hyène-Fille à sa suite.

La première lui brisa la nuque, la seconde lui perfora la poitrine.

Vingt et un grammes d'une vapeur minérale parfumée au sel du désert et aux couleurs des plumes d'oiseaux-mouches s'éleva dans le ciel, survola les flambeaux sautillants d'une procession qui s'étirait sur la piste, et que précédait un grand chien jaune.

2. la case

La vieille lui a bandé les yeux.

– *L'œil mauvais attire le mauvais œil.*

Même qu'on aurait dit un proverbe de Maman Sambani.

Parce qu'elles se sont mises à deux, ce matin, Yvonne et la vieille, pour la sortir du dortoir et la traîner jusqu'à la case rituelle. Elles lui ont lié les mains, l'ont couchée sur la natte. En sortant, elles ont pris soin de barrer la porte.

Toutes ces précautions auront un peu réconforté Elia.

On n'attache que les bêtes rétives, celles qui représentent un danger.

Son cœur bat déjà moins vite, sa poitrine s'apaise. La jeune fille se concentre sur sa respiration pour juguler la peur qui voudrait s'enrouler à son cou.

Plongée dans l'obscurité, le silence, les sens aux aguets.

Pas grand-chose à se mettre sous l'oreille pour faire diversion. Rien que l'attente, l'insoutenable attente de quelque chose qu'elle ne désire pas. Pas plus qu'elle n'aspire à connaître l'homme à qui elle est promise ce soir, cette nuit, tout à l'heure.

Il faudrait pouvoir ralentir le mouvement du soleil ou faire l'économie de ce jour pour n'avoir pas à vivre ça.

Une seconde de sa vie est un battement de cœur, les minutes des larmes de colère échappées sous le tissu du bandeau. Les heures resserrent l'étau de leurs mâchoires entre lesquelles son corps entravé semble se rétrécir.

Soudain, un trait rouge fuse sous le bandeau. Avec lui, un soufflet de forge venu du dehors.

Yvonne est entrée. Elia le devine aux pas rapides qui viennent jusqu'à elle, à l'odeur d'épice de sa lourde chevelure ramassée en chignon. Elle lui détache les mains, ôte le bandeau. Elle a déposé sur le sol une calebasse avec une décoction de plantes.

Elle s'éloigne, donne un ordre à une fille, à l'extérieur, pour qu'elle barre la porte.

Elle revient vers Elia. Assise, la jeune fille enserre ses genoux dans une attitude hostile, butée.

– Bois, Elia !

Les feuilles infusées dégagent une odeur âcre. La décoction fait partie du rituel. Une purge. Une purge pour lui voler son âme d'enfant, pense-t-elle.

– Bois, répète Yvonne.

Et bien sûr Elia n'a pas touché à la décoction. Elle n'est plus bonne fille. Elle ne fait plus le jeu de ses bourreaux.

Tout à coup, dans une sorte d'élan nourri au lait de l'espoir, elle bondit, se jette contre la porte contre laquelle elle tambourine. Elia appelle ses sœurs :

– Inaya, Mercy, Leïla, Aïssatou, Rokia, Imani, Joyce, Fatou, Rachel !

Elia va jusqu'à convoquer les absentes, Ravaka, Bako, Violette, Lizi.

Elle n'appelle pas Maman Sambani.

Peine perdue. La jeune sentinelle plantée derrière la porte est obéissante. Aucune des filles ne songerait à s'opposer à la tradition. Ni à Tafadzwa qu'elles craignent autant que les djinns.

Bientôt Elia se laisse glisser sur le sol, les jointures moulues.

Patiente, Yvonne a assisté à cette débauche d'énergie ; elle aura attendu que la jeune fille s'épuise pour la ramener près de la natte. Elle lui remet ses liens, pas le bandeau. Elia n'offre plus aucune résistance. Couchée en chien de fusil, dos à la porte, elle ferme les yeux.

Après, ce sont les chants, les rires des gamines se rendant au point d'eau, leurs filets de voix qui passent le seuil de la case, même qu'à ce moment-là, c'est un peu d'Elia qui les rejoint dans l'azur et le soleil.

Elle aura sans doute fini par s'endormir.

*

Encore une visite avant l'heure des étoiles. Avant le rire des hyènes saluant l'arrivée du *fisi*.

Comme un interlude ou le commencement de quelques préliminaires.

La vieille est venue se coucher près d'Elia. Elle a passé un bras sous sa nuque, sa main accroche son épaule ronde ; de l'autre, elle lui lisse une mèche de cheveux sur son front humide.

Elia ne bronche pas, surprise par l'élan de tendresse filiale de la vieille azakhali.

De son ventre creux, Tafadzwa se presse contre le flanc pointu de la jeune fille. Doucement d'abord. Mais gagnée par sa chaleur, elle qui a les reins froids et le ventre sec, sa poussée s'est faite plus insistante, le balancement, l'oscillation plus marqués. La vieille respire fort. Ses poumons font le bruit d'une chambre à air percée. Elle doit les avoir malades depuis le temps qu'elle fume la pipe.

Le contact de ce corps maigre et froid se déhanchant contre son flanc répugne à Elia.

Heureusement, la vieille se calme rapidement. Elle vient d'exhaler un long soupir, et demeure inerte.

Elia ne bouge pas davantage. Elle serre les dents. Elle espère que la vieille va se relever pour quitter la place. Non. Elle se remet à lui caresser les cheveux. Le mouvement des doigts rugueux, des paumes calleuses sur la chevelure liquide met les nerfs de l'enfant au supplice.

Dehors, les oiseaux se sont tus. Les perroquets en captivité sont devenus mutiques. Les filles revenues de la rivière, cloîtrées dans le dortoir, Yvonne sera partie à la rencontre de l'homme. La vieille est la gardienne du camp et de ses pensionnaires endormies. La gardienne d'Elia. Et aussi son bourreau.

Maintenant, Tafadzwa lui chuchote une berceuse à l'oreille. Son haleine d'édentée empeste la vidure de poissons.

Et pourquoi cette berceuse que lui chantait aussi Maman Sambani ? Quelle signification donner à une comptine à l'heure où tout un village s'est ligué contre la gamine pour qu'elle abjure son enfance, devienne femme en offrant son hymen au *fisi* ?

Alors, Elia tourne son visage vers Tafadzwa, elle se redresse légèrement et lui crache au visage.

La vieille a reculé, surprise, elle lui a lâché l'épaule, détaché son ventre creux du corps élastique de la jeune fille. Elle jure dans un dialecte inconnu. Elle s'est mise sur son séant, s'aidant de sa canne, le bâton qu'elle garde à portée de main pour en menacer les filles indociles, celui qui sert aussi aux simulacres d'accouplement. Elle lance ses imprécations contre Elia.

Dans l'obscurité, la voix d'un homme jaillit, pleine d'inflexions rauques, dissonantes dans ce camp transformé en gynécée.

L'homme interdit à la vieille de lever la main sur la fille. Il dit qu'il n'a plus besoin d'elle. Qu'elle revienne au petit matin.

La hyène est à l'intérieur de la case.

L'homme a dû y pénétrer plus tôt. La vieille chantait toujours. Bien qu'incommodée par la présence de ce corps à l'odeur fade, Elia a détecté la présence étrangère à un changement de molécules dans l'air. Des perles de sueur mâles bombardées dans l'espace confiné de la case à laquelle répond, bien involontairement, une décharge de sudation émanant de son propre corps, animal.

La corde de chanvre lui brûle les chairs. Elle se sent misérable. Honteuse de s'être laissé piéger si facilement.

– Laisse-nous, Tafadzwa…

L'entremetteuse a protesté, toujours dans ce dialecte inconnu. Mais l'homme a claqué un ordre. Les mots, vipères, ont cinglé dans la touffeur de la pièce.

Dans la case rituelle, le *fisi* est maître et roi.

Elia a entendu les talons de la vieille racler la terre battue jusqu'à la porte, à reculons, à contrecœur, avant de disparaître. Dans l'entrebâillement, un rayon de lune est venu chatouiller la joue de la gamine.

Elia a pensé qu'elle aurait aimé revenir un jour en arrière pour se retrouver à la rivière, jouer avec ses sœurs, persévérer dans les simulacres dictés par la vieille, poursuivre ainsi son apprentissage du plaisir.

Ce plaisir que la femme doit donner à l'homme.

Sans penser d'abord au sien, évidemment.

3. l'homme

Maintenant, Elia est seule avec l'homme.

Seule ? Pas exactement.

*

Les voix des filles séquestrées dans la case avant elle avaient bruissé toute l'après-midi. Elia dormait sur la natte, recroquevillée, les yeux fermés, tournée vers le mur. Elle commençait à s'assoupir malgré la peur, et malgré la colère.

Elle n'aurait pu dire depuis combien de temps elle se trouvait dans cet état d'abattement, de demi-sommeil quand elle avait perçu un frôlement derrière son dos. Elle avait cru à la visite de quelque rongeur. Ou peut-être un serpent. Elia n'avait peur ni des rats ni des serpents.

Ou bien Yvonne revenant à la charge avec sa purge.

Elle s'était retournée, désireuse de mettre en fuite l'importun.

Elia avait été surprise de découvrir une sarabande de papillons blancs. La vague ondulatoire obéissait au papillon de tête qui orchestrait l'ensemble des mouvements. Des gouttes de lumière phosphorescente émanaient du fuseau de leurs corps, projetant un halo de lumière autour de la natte. Leur formation avait la grâce d'une danse.

Les phalènes bruissaient si fort, qu'entre leurs battements d'ailes, Elia avait perçu un murmure. En y prêtant attention, elle avait entendu son prénom chuchoté.

Elle s'était redressée sur ses coudes.

– Elia, Elia, poursuivait le chœur des phalènes, nous sommes les esprits des petites filles prisonnières de la case. Nous avons laissé un peu de notre sang sur la natte où tu reposes.

Elles s'étaient présentées, égrenant l'une après l'autre leurs prénoms, leur âge et le nom du village natal. Ensuite, elles lui avaient demandé son aide alors qu'Elia avait d'abord pensé que c'étaient aux papillons envoyés par les Fétiches de la sortir de là.

– Délivre-toi, Elia, délivre-toi de l'homme-hyène. Délivre-nous de la prison où nous demeurons depuis des Lunes.

– Mais comment ?

La question lui était venue naturellement alors que sa raison lui enjoignait de ne pas croire à l'existence de phalènes douées de parole.

Mais dans l'épreuve et l'adversité, l'espoir peut se loger dans la lézarde d'un mur.

– Mets le feu à la case, répondit d'une seule voix la sarabande.

Impossible.

Elia n'avait pas de feu à portée de main. Ni allumette ni lampe à huile. Mais les phalènes ne lui proposaient-elles pas de nourrir le feu à la perle incandescente qui suintait de leurs corps ailés ?

– Impossible ! leur répondit Elia.

Elle périrait dans les flammes aussi.

– Alors l'enfant va mourir en toi, comme pour nous toutes. Adieu, Elia.

Et le collier de papillons avait disparu.

Comme si Elia avait rêvé tout cela.

Plus tard, Rokia et Rachel avaient gratté contre la porte. Elles étaient venues lui apporter leur soutien. Juste leur soutien car elles ne pouvaient s'opposer aux coutumes.

– Courage, ma sœur, avaient-elles murmuré, nous invoquerons la Déesse aux mille enfants pour qu'elle transforme ton épreuve en joie.

Elia leur en avait voulu. Rokia et Rachel, deux fillettes crédules et analphabètes. Elle en avait voulu aussi à Maman Sambani, garante de la tradition. À Papa Sambani, même à Daniel dont l'amour n'avait pas été capable de sauver Susan, elle en avait voulu au chef Kalao et à tous les hommes qui avaient fermé les yeux quand Tafadzwa était venue la chercher. Les villageois avaient dû se frotter les mains en remerciant les Fétiches d'éloigner le mauvais œil.

Mektoub.

*

– Elia…

Elle sursaute à la voix de l'inconnu, l'homme-hyène missionné par la communauté.

La nuit est tombée. Les ténèbres forment un rideau de glaise qui calfeutre la case d'une membrane élastique. Elia sait qu'elle pourra toujours crier, appeler, gémir, ses plaintes ne sortiront pas d'ici.

– Elia, écoute-moi…

Elle n'a jamais été si écoutante, si concentrée, si attentive aux bruits depuis qu'elle est enfermée.

– Je ne te veux aucun mal.

Mensonge !

Elle cherche comment préparer une stratégie d'évitement. Ou, si elle le peut, à limiter la douleur.

La voix est proche, l'homme est à genoux :

– Je peux te donner du plaisir…

Un temps.

– Caresser tes seins et tes épaules, lécher ton ventre, l'intérieur de tes cuisses.

Ça l'excite peut-être de parler comme il lui parle.

– Te pénétrer avec ma langue, Elia. Je peux, si tu t'offres, être doux et patient. J'ai l'expérience des femmes. Je sais ce qui fait plaisir à une femme comme toi, Elia.

En songeant à ce qui va advenir, Elia s'est contractée. Elle a poussé de toutes ses forces avec ses épaules et son dos contre la natte, enfoncé ses talons dans le sol, comme pour s'y dissoudre. Elle a bandé ses membres.

Vomir. Siffler son venin à la gueule de l'homme. Qu'il tente de l'embrasser, il va voir !

Il s'est redressé. Elle l'entend défaire la ceinture de son pantalon, l'ardillon tinte contre la boucle en métal. Un froissement, le pantalon sur ses chevilles.

Il défait les liens d'Elia, hésite tant il met de la lenteur dans son geste.

Libérée, elle se tient coite. Ne pas lui glisser entre les mains. Trop vite et mal. Il n'y aura pas une seconde tentative. Patienter. Son esprit calcule quels gestes elle devra accomplir pour se sortir de là. Dans quel ordre ?

Et pour la première fois la main de l'homme sur elle, la main retrousse sa robe, caresse le renflement sous la culotte.

Patience, tenir bon…

D'un doigt, il lisse le coton, s'ouvre un chemin, se glisse sous l'élastique. Reflue vers le coton de la culotte.

Tenir bon, patience…

Son doigt fuseau qui va et vient.

La patience se mue en tétanie.

Sidération.

Soudain, à cet instant précis, comme s'il y avait deux Elia en elle, elle se revoit enfiler sa culotte, juste avant qu'Yvonne et la vieille ne lui tombent dessus pour l'entraîner *manu militari* dans la case, le motif liberty, les petites fleurs délicates, pastel. Elle voudrait s'accrocher à cette image comme si ça pouvait la sauver, l'empêcher de sombrer, d'aller par les fonds nourrir les crocodiles du lac.

L'homme vient de la lui arracher pour la jeter à l'autre bout de la case, toute souillée.

Elia vient d'uriner.

4. le *Kusasa fumbi*

Dans un élan de chatte affolée, elle l'aura griffé.

Ses cuisses verrouillées n'ont pas résisté longtemps à l'assaut. Sa poitrine, deux calebasses, bues, avalées, englouties. Ventre chiffonné couvant son nœud de vipères. Le corps semblable à une de ces poupées en chaume, désarticulée, aux grands yeux noirs, au bord de l'enfance. La pression artérielle a gonflé ses lèvres et joué du tam-tam aux portes de son sexe. Le tambour en écho dans un corps devenu caisse de résonance, liquide.

Les barrages ont cédé l'un après l'autre. Tout ce qu'elle avait dressé pour faire obstacle à l'adversaire ; une arborescence de nerfs tendus pour faire résistance ; sa volonté et ses refus hurlés, confinés dans sa tête, ses prières aux Fétiches, les noms de Lizi, Violette ou Susan prononcés en boucle, comme une prière, eh bien, tout cela balayé.

Elia l'aurait mordu s'il ne l'avait aussitôt giflée, surpris par sa résistance.

Déchirer, mordre à pleines dents dans la mollesse de ses joues pour répondre, dent pour dent, œil pour œil, douleur contre douleur, au rapt de sa virginité.

Labourer la chair de l'homme, y planter ses ongles et creuser un sillon.

Elle lui aurait bouffé tout cru la joue. Pas dégoûtée. Du moins pas de ce dégoût-là. Hargneuse.

Féroce par nécessité. Fauve, lionne.

Mordu jusqu'au sang. Jusqu'à ce que ce même sang lui éclabousse le visage comme le jus d'une mangue trop mûre quand on mord dans sa chair.

La gifle de l'homme a étonné Elia.

Elle a pensé que c'était la réponse d'un faible. Un soufflet ridicule. Pas de quoi estourbir une des chèvre de Daniel, ni l'âne.

Alors que griffer était de l'ordre du naturel, du sauvage.

Griffer, écorcher, écharper. Réduire en charpie. De la bouillie d'homme.

Naître antilope pour se réveiller lionne.

Voilà.

Elia se souvient de la jubilation éprouvée à l'instant où elle a senti ses ongles se frayer leur chemin de sang dans la chair de la joue, malgré la douleur dans le ventre, la déchirure. Malgré l'odeur métallique, écœurante dans la case. Le sang. Qui s'écoule tiède entre ses cuisses nues mêlé à un liquide poisseux.

Elle n'a pas vu le visage de l'homme qui a planté son soc dans son ventre. Elle ne connaît pas son visage ni son nom.

Enfermés tous les deux au cœur de la nuit, mère des ténèbres ; de lui, elle ne sait que sa voix, ses mains, son souffle.

Et son sexe dur contre son ventre.

Sa respiration haletante, rauque, de bête à l'agonie. Son haleine de mâcheur de racines. Sa sueur poivrée dont les perles grasses sont venues s'écraser contre ses joues comme des larmes.

Elle, elle retient les siennes aux franges de ses cils.

Sa voix trop douce : du miel pour attraper les mouches. Des mots vidés de leur sens à force d'être utilisés. Paroles pour amadouer, pour endormir, pour apprivoiser, et que l'homme répète à chacune des filles, en variant à peine la litanie des prénoms.

Elle n'a pas crié, non, pas gémi. Et elle aura bien vite cessé de gesticuler quand elle a compris qu'il y tirait, lui, du plaisir, non à cause de ses efforts vains pour se dégager mais parce que ses déhanchements étaient comme une danse autour de l'homme-totem. Du pieu forant dans le terreau meuble de son ventre juvénile.

Alors Elia a compris pourquoi les danses, pourquoi les jeux érotiques.

Elle a revu le corps à corps des filles. Leurs seins bondissant dans les gerbes d'eau et de soleil. Les hanches chaloupées des gamines prenant des postures de femmes. Les bassins balancés. Les mains des filles sur les cuisses de leurs pareilles. Les langues dans le cou. Les chatouilles devenues caresses. Leur souffle. Langue contre langue, ventre contre ventre, vulve contre vulve. Sœurs, amantes siamoises.

Elle ne pourra pas dire qu'elle n'y pas trouvé aussi son compte et un peu de réconfort. La transe la libérait de sa colère. Son corps, un tremplin pour exulter. Elle dansait dans les gerbes de soleil, folle de joie de se sentir vivante, jeune et belle. Elle en oubliait sa condition de jeune fille promise au

Kusasa fumbi et destinée à la maternité. Car danser était une libération. Un déchaînement jubilatoire. Frénétique, tambourinant du talon contre le sol, elle secouait la tête, fouettait l'air de ses nattes, balançant sa poitrine, ses hanches, tapant des mains contre ses cuisses. Elle se démenait tant et si bien qu'on aurait dit un noyau atomique prêt à tout embraser sur son passage, plantes, arbres, hommes, femmes, animaux et pierres.

Il fallait qu'elle s'affale, le souffle court, la gorge sèche, le corps en eau pour qu'elle redevienne Elia Sambani promise, en vertu des lois coutumières, au *Kusasa fumbi*.

Après la transe collective, lorsque les filles tombaient d'épuisement dans les bras des unes et des autres, alors un dernier rite les attendait : *la danse du bâton*.

La vieille en tenait toujours un entre ses mains. Il n'était pas, comme Elia l'avait cru, une aide à la marche, sa canne. Non. Il était le simulacre d'un sexe d'homme.

Bâton-phallus. Queue, trique, pieu.

Une représentation imagée, hyperbolique.

À l'aide du bâton, Tafadzwa traçait sur le sol la silhouette d'un homme, et entre ses jambes, son membre. Ça lui faisait comme une troisième jambe.

Ensuite, Tafadzwa désignait une fille avec l'extrémité de son bâton pointé vers son ventre, à qui elle le confiait.

Elles le recevraient à tour de rôle. Un jour, cela avait été Fatou, un autre jour, Any, puis Joyce.

L'élue.

La chèvre.

Deux jours plus tôt, Elia avait eu le droit de danser avec.

Elle avait imité ses prédécesseures. Il fallait d'abord lui parler, comme pour apprivoiser une bestiole facétieuse. L'embobiner, la charmer.

– *Bâton de feu, bâton de pluie,*

Qui ne ploie ni ne plie,

Accorde-moi la joie !

Ensuite, elle l'avait caressé, frotté entre ses paumes, frictionné, que jaillisse l'étincelle de joie ; elle avait promené ses lèvres sur le bois poli par les baisers des filles d'hier et d'aujourd'hui. De Patience, la sœur de Lizi, de Maman Sambani. De Susan peut-être.

– *Bâton de feu, bâton de pluie,*

Qui ne ploie ni ne plie,

Emporte-moi !

Alors, elle l'avait chevauché. Cavale démente, entraînée dans une course éperdue.

Plus tard, bien plus tard, le souffle exsangue et les joues en feu, Elia l'avait rendu à la vieille. Dans un mélange de honte et d'excitation.

Évidemment, les filles comprenaient le but du simulacre. Car jeux, transe et bâton ne les préparaient-ils pas à donner du plaisir à l'homme qui deviendrait bientôt leur époux ?

À un amant, à un mari oui, sans doute, mais pas à cet homme-là. Un étranger.

Pas à cet homme qui, un jour de lune gibbeuse, viendrait les initier au *Kusasa fumbi.*

Un homme-hyène rôdait près de leur enclos. Pouvaient-elles l'ignorer ?

Malgré tous les efforts d'Yvonne et de la vieille pour le tenir au secret, les filles savaient qu'un homme demeurait à proximité du camp. Elles l'avaient entendu longer le dortoir, elles avaient vu son ombre s'étirer sur le mur en face, disparaître par la meurtrière pour réapparaître sur la porte close qu'elle traversait sans encombre.

Cette ombre n'était pas celle d'Yvonne montant la garde, mais la silhouette d'un homme qui se déplaçait tel un fauve.

Certaines filles prétendaient qu'une hyène venait renifler l'odeur de la vierge promise le lendemain au *Kusasa fumbi*.

Voilà ce qui se disait, le soir, quand les gamines se retrouvaient enfermées dans le dortoir.

Elia avait-elle assez pleuré d'être une fille ! Il aurait été beau, il aurait été fort le garçon Eli.

Eli. Plus fort que Nelson, plus fort que Moses. Un vélo entre les jambes sur le chemin de l'école.

Mais elle s'appelait Elia. Elle était née fille, porteuse d'un coquillage entre ses cuisses. Porteuse d'eau.

Elia, pas Eli.

Ah, elle avait bien eu le temps de penser à tout cela enfermée dans la case rituelle.

Naître en Eli. Renaître. Ne pas être Elia.

Comment l'homme l'avait-il appelée tout à l'heure ? Quel prénom lui avait-il susurré pour l'approcher ?

Il caressait ses cheveux. Doucement. Si doucement qu'elle avait failli crier de toute cette douceur qu'elle devait endurer et dont elle ne voulait pas.

– *Albina.*

Oui, c'est ça. Albina.

Il l'avait répété, plusieurs fois, comme un père prononce le prénom chéri d'une enfant disparue.

Comme Daniel quand il parlait de Susan.

– Albina… Albina… chère et douce Albina… Mon abandonnée. Ma perdue.

Elia avait pensé que les ténèbres favorisaient la confusion. Elle ne l'avait pas détrompé. Elle pouvait mettre à profit cette faiblesse. S'il la prenait pour une autre, son enfant, peut-être qu'il n'oserait pas la prendre.

Elle ne respirait plus, ou si peu, pour ne pas rompre le lien ténu qui la reliait à cette inconnue.

Elle pensait pourtant qu'elle n'était qu'Elia. Qu'il n'y avait rien à faire. Le sort en était jeté. Inutile de s'apitoyer davantage. Il lui fallait, au contraire, transformer sa colère, y tresser une corde de nœuds. Serrer les dents. Affûter ses ongles. Et bondir au moment où l'autre ne s'y attendrait pas, illusionné par sa force et son droit de cuissage.

Elia n'était pas le prénom d'une petite bête douce, ni celui d'un insecte. D'un papillon, non. Il y avait de l'entêtement et de la vigueur dans l'alliance de ces quatre lettres. Le « E » était une échelle. Elle devait s'en servir pour grandir, pour se hisser loin de sa condition, pour s'échapper de la case rituelle, de l'île. Le « L » signifiait stabilité et droiture. Son « I » était un cri : cri de révolte non cri d'un souriceau apeuré. Il était aussi comme autant de griffes à l'extrémité de ses doigts. Quant à son « A », il affirmait son genre, fille, femme. Femelle alpha.

En cherchant à la posséder, en la prenant pour une autre, l'homme lui avait montré combien il était faible.

*

Albina ou pas, l'homme-hyène avait quand même fait le sexe avec elle.

Et Elia l'avait griffé pour ça. Il lui avait répondu par une gifle. Peut-être se croyait-il quitte.

Mais dans les derniers sursauts de la nuit, la jeune fille fourbissait ses armes.

Lui revinrent alors les images de son rêve récurrent dont le sens lui avait échappé jusque-là, limpide à présent, et la devise toute trouvée :

Antilope d'un jour, lionne toujours.

5. sang pour sang

Est-ce le matin ou est-ce toujours la nuit ? Le ciel va-t-il s'éclaircir, la porte s'ouvrir ? Les oiseaux saluer la naissance du soleil, le jour nouveau, toujours renouvelé ?

Elia a les mains libres. Elle pourrait décider que c'est le matin et aller ouvrir la porte, par exemple. Elle pourrait tout simplement décider de se lever, de sortir, de se rendre à l'embarcadère.

Les paumes retournées, les jointures verrouillées au sol, les bras raides contre le corps.

Et l'homme ?

Il est toujours là, un peu en retrait, elle le sent. Les molécules mâles. Fauves. D'autres molécules dans l'air. Les siennes, différentes de ce qu'elle connaît. Le sang, le lait du sperme. La voilà femme.

Née dans le sperme et le sang, une seconde fois.

Soudain, il bouge. Il revient vers elle. N'en a-t-il pas eu assez ? Elle se raidit. Se prépare à l'assaut. À recevoir le pieu qui fore le ventre. Qui forge la douleur et l'endurance aussitôt.

Mais il ne la prend pas.

Il rabat sa robe sur elle, la lisse du plat de la main.

Elle ferme obstinément les yeux. Elle redoute de voir le visage de l'homme. De le connaître. De le reconnaître peut-être. Elle est certaine qu'il attend d'elle exactement ce qu'elle hésite encore à faire.

Elle sait que ça ne se fait pas. Voir le visage du *fisi*. Quelque chose cloche. L'homme devrait être déjà parti. Il aurait dû quitter la case rituelle avant que ne vienne l'aube aux doigts de rose. Refermer la porte son viol accompli. Replacer le battant pour la verrouiller. La vieille ne va pas tarder à arriver. Elle viendra aux nouvelles, vérifiera la tache sur la natte puis la félicitera. Yvonne la conduira à l'embarcadère où elle fera la traversée dans l'autre sens.

Combien de temps leur reste-t-il pour être seuls dans la case ? Lui et elle. L'homme et la fille devenue femme.

L'enfant est morte en elle. L'enfant ne se loge plus dans son ventre ni dans son cœur. Plus tard, il sera temps d'en loger d'autres dans son ventre.

Avait-elle besoin d'un homme pour devenir femme ? Elle en doute. L'homme, lui, a besoin de la femme pour naître à l'homme. Pour naître.

Sa résolution est prise.

Elia ouvre les yeux. Le jour est entré dans la case. Un trait de lumière passe sous la porte. Elia regarde l'homme. Il est à genoux près d'elle et l'observe sans curiosité.

Elle le reconnaît.

Le passager de l'autre jour, lors de la traversée. Pourtant, elle n'avait pas vu son visage. Mais c'est lui. Elle reconnaît son menton, elle reconnaît sa bouche. Elle se redresse doucement sur ses coudes. On dirait qu'elle ne veut pas l'effrayer. C'est comique si ce n'était pas aussi étrange le renversement de situation. Alors, elle voit l'ongle incarné. Pas de doute, l'homme-hyène est bien cet homme.

Il saigne. Sa joue saigne. C'est bien fait. C'est du donnant donnant. Le sang de sa joue contre le sang de l'hymen. Il ne fallait pas qu'elle en fasse une maladie. Elle a perdu sa virginité. Et alors ? C'est dans l'ordre des choses. Comme une chose naturelle.

Mais ce qu'elle n'admet pas c'est que ce soit un homme qui ne lui est rien qui la lui ait prise.

Un vieux en plus ! Il a l'âge de son père. Il n'a pas le visage d'un fiancé. Pas non plus le visage d'un vainqueur. Sa joue barbouillée de sang. Son regard de chien triste sur elle. Sa maigreur. Elle ne se sent pas vaincue. Mais déterminée.

Elle va faire disparaître l'offense, même si elle sait que ça ne lui rendra pas sa virginité. Elle débarrassera les autres filles, ses compagnes, ses sœurs du serpent qui fourrage dans le ventre des femelles. Elle va écraser la tête de l'invertébré, la fouler aux pieds, elle va lui faire vomir son dernier venin, lui casser ses crochets. Il ne mordra plus. Il ne sifflera plus. Plus jamais ce gros ver luisant pour voler le feu à l'intérieur du ventre des femmes.

Elle se détend. Elle attrape de sa main gauche la calebasse en terre cuite qu'elle a cassée en se débattant.

De sa place l'homme ne voit pas le mouvement de son bras, de la main qui se saisit du morceau de vaisselle ébréché. Coupant.

Soudain, d'une détente féline, elle se jette sur l'homme qui l'attend sans s'y attendre tout à fait, et lui tranche la veine bleue qui palpite au cou.

Elle recule épuisée par son élan. Surprise par son sang-froid.

L'homme porte la main à son cou. Ne cherche pas à faire un point de pression sur la carotide. Il n'appelle pas. S'il l'appelait, ça ne serait qu'une bouillie de salive et de sang.

Le sang, lui, s'écoule à gros bouillons. Il lui reste une minute à vivre avant de sombrer inconscient. Une minute encore à écouter son cœur battre, ralentir, ralentir encore, s'arrêter. Le trou noir. Le four.

Une minute pour faire le tour de sa vie.

Sauf que ce tour, il l'a déjà fait dans le taxi-brousse, il y a dix jours.

Il a mieux à faire.

Il lui parle, en son for intérieur, il se concentre sur les derniers mots qu'il lui adresse dans son regard.

Tu ne sais pas pourquoi je meurs, petite. Tu ne sais pas pourquoi je souris en laissant ma vie s'échapper de mon corps. Pourquoi je suis le mouton qu'on égorge. Et qui ne se débat pas.

Tout ce sang, je te le rends au centuple pour l'avoir pris à tes sœurs.

Je rentre chez moi. Dans la terre de l'au-delà. Par-delà les nuages et le ciel. Déjà, je flotte au milieu d'un vol de flamants dont les ailes me portent. De la terre, je ne distingue qu'une assemblée de fauves. Des hyènes se sont rassemblées autour d'un arbre. Une à une, elles viennent y frotter leur cou pour y déposer une perle de musc.

Tu dois connaître l'histoire de cette enfant du désert née sans voix. Tout le monde la connaît. La petite porteuse d'eau jamais revenue du marigot. Les mères la racontent à leurs filles afin qu'elles ne traînent pas en chemin.

Va maintenant. J'ai débarré la porte tout à l'heure quand tu dormais. Va dans le matin calme et clair, oublie-moi et sauve-toi.

Yvonne et la vieille feront disparaître ma dépouille. Les rangers n'en sauront rien. Ni le chef Albert qui doit être bien vieux maintenant. Ni Albina qui m'a oublié.

Elles chercheront après un nouveau fisi. *Vigoureux, docile, nourri au lait des Fétiches.*

Mektoub *!*

Je n'existais déjà plus beaucoup. Et j'étais mort avant que tu me tues.

Les Fétiches m'ont fait l'enfant des orages.

Enfant-sorcier, j'ai touché à la cendre de mes morts.

J'ai mené ma barque par les vents et les courants contraires.

À cause d'une étoile toute pourrie de l'intérieur…

Votre livre est fabriqué en France sur un papier certifié PEFC,
pour une gestion durable de la forêt.

Ouvrage réalisé par Cédric Cailhol Infographiste

Achevé d'imprimer en août 2021
par l'imprimerie à Condé-en-Normandie

Dépôt légal : octobre 2021
N° d'impression : 21080040

ISBN : 978-2-8126-2233-5

Imprimé en France